古典文學研究輯刊

四 編

曾永義 主編

第9冊

《鏡花緣》針砭現實之意義及其思想性研究

詹靜怡 著

國家圖書館出版品預行編目資料

《鏡花緣》針砭現實之意義及其思想性研究／詹靜怡 著 -- 初版 -- 新北市：花木蘭文化出版社，2012〔民101〕

序2+目2+140面；19×26公分

（古典文學研究輯刊 四編；第9冊）

ISBN：978-986-254-758-8（精裝）

1. 鏡花緣 2. 研究考訂

820.8 101001735

古典文學研究輯刊

四 編 第 九 冊 ISBN：978-986-254-758-8

《鏡花緣》針砭現實之意義及其思想性研究

作　　者 詹靜怡
主　　編 曾永義
總 編 輯 杜潔祥
出　　版 花木蘭文化出版社
發 行 所 花木蘭文化出版社
發 行 人 高小娟
聯絡地址 新北市永和區中正路五九五號七樓之三
電話：02-2923-1455／傳真：02-2923-1452
網　　址 http://www.huamulan.tw 信箱 sut81518@ms59.hinet.net
印　　刷 普羅文化出版廣告事業
初　　版 2012年3月
定　　價 四編32冊（精裝）新台幣52,000元

《鏡花緣》針砭現實之意義及其思想性研究

詹靜怡　著

作者簡介

詹靜怡，1975 年生於彰化縣北斗鎮，東吳中文系、彰師大國語文教學研究所畢業，目前任教於國立西螺農工國文科，現居於彰化縣員林鎮。

提　要

《鏡花緣》為一部充滿炫才耀學色彩之文學著作，然生於中國封建社會末世、資本主義萌發之際的李汝珍，面對的是理學受到嚴酷批判、小農經濟轉向商品經濟的時代變革，尤其身處在鹽業發達的海州，加上師承淩廷堪，並與許多當代學者交游，故李氏以經濟轉型後所帶來的豪風侈俗造成的種種人心失衡現象為背景，將乾嘉以來的「禮學」思潮灌注其中，充滿現實性及建設性，編織完成一代奇書。本文即從三方面來探討《鏡花緣》針砭現實之意義及其思想性：（一）意識結構——以禮學導正時風之中心意識，承續淩廷堪「以禮代理」之思想，展現尊情尚智、義利合趨等思想動向，且「以文為戲」流露出對社會之批判、寫實性，並建構其理想性；（二）藝術手法——寓勸善於「定數」之中，強調「終善」之實踐觀；（三）對當代思想新動向之突出——包括對「治生論」、「新四民觀」思想的呼應、綰合，強調男女平權之意識等。筆者謹以披沙揀金之功，將其對當代義理思想——理欲觀與價值觀做一牽綰，足見作者針砭現實並建構理想社會之經世思想價值，而非「掉書袋」或專為個人炫才耀學之作。

目次

序 言

2006 年的季夏，台上的那位老師滔滔雄辯、不疾不徐的論證能力，將高築在我心中——「清代無思想」的那道高牆給推倒了，在酷暑中，一股清爽涼風徐徐吹拂在我心靈的窗口上，也開啓了我的另一視野。於是立足在「清代新義理學」的思想上，興起了將文學與義理思想歸趨做綰合的念頭。

學海眞是無涯啊！在苦思題目、尋找目標的過程，彷如探入美麗的珊瑚海洋，處處皆爲驚奇，卻處處都不得下手。在某次偶翻同門師姐商瑈——《一代禮宗：淩廷堪》之論文時，發現充滿神奇迷離情節的《鏡花緣》，其作者——李汝珍即是師承於淩氏——乾嘉新義理學的尖兵，於是就這樣一頭栽進《鏡花緣》的思想世界之中了。

從原是學術的門外漢，到如今能夠完成論文，居功厥偉的推手非我的論文指導教授——張麗珠老師莫屬，能夠成爲張老師門下，是件多麼幸運的事啊！在每次的論文討論，看到老師在學術上的堅毅與使命感，對學生總是傾囊相授，雖然要求嚴格，卻令人甘之如飴，也看到其對生命的美學態度與溫潤相待，集感性與理性於一身，堪爲經師，亦是人師。也要謝謝鄭卜五老師、彭維杰老師的指點導正，讓我在論文寫作上的方向更加明確。

生命中的美好往往來自於能勇於克服，一路走來，從戰勝莫名的病魔，渡過懷孕的險厄，到克服寫作論文的困境，都是因爲有你們：親愛的爸媽幫忙照顧稚子、先生維聰的支持、同門們的加油鼓勵，謝謝。

第一章　緒　論

李汝珍《鏡花緣》一書，有人以其炫學逞才、數典談經，將之歸於「才學小說」之列；〔註 1〕有人因其揉合了神話結構及原型，而歸諸清代長篇文人創作的「神魔小說」；〔註 2〕而書中大談女性、奇國異物之題材，歷來受到矚目，故又有謂「《鏡花緣》是一部討論婦女問題的書」；〔註 3〕論其興起的背景因素，有將其歸爲標新立異者，如清人王之春所謂《鏡花緣》「是欲於《石頭記》外，別樹一幟者」；〔註 4〕亦有人將其歸咎於民族意識，認爲在滿清「高壓政治之下，文人不敢再談政治了，甚而不敢接觸到現實問題，只有談談女人與鬼怪，因而以女人與鬼怪爲寫作材料的作品，應運而興。……，這種風氣，實由民族意識而起。」〔註 5〕認爲《鏡花緣》乃李汝珍欲逃避現實、掙脫高壓統治思想下之作品，具高度的民族意識。《鏡花緣》成書於鴉片戰爭前夕，乃清朝由盛轉衰的轉折點上，社會上充斥著各種亂象，包括思想衝突、經濟轉變、文化衝擊等等，亦是作者感受到的時代氛圍，然透過作者生平的交游學習對象及乾嘉的義理學風做觀察，不難發現李氏透過《鏡花緣》突顯的禮學色彩、針砭現實的意義，非但不是逃避現實之作，反倒是充分表達對當代現實時風的高度重視，反映的是十八世紀末到十九世紀初的社會現實生活，並能提出積極經世建言的一部有思想性的鉅作。

〔註 1〕魯迅：《中國小說史略》（台北：風雲時代出版有限公司，1989），頁 301。
〔註 2〕李保均：《明清小說比較研究》（成都：四川大學出版社，2004），頁 203。
〔註 3〕胡適：〈《鏡花緣》的引論〉，《胡適文存》（台北：遠東圖書公司，1975），第二集，頁 413。
〔註 4〕王之春：《椒生隨筆》（台北：文海出版社，1975），頁 133。
〔註 5〕李辰冬：〈鏡花緣的價值〉，《李辰冬古典小說研究論集》（北京：中華書局，2006），頁 331～332。

第一節　研究動機與目的

有清一代的學術思想，在傳統的觀念中，皆認爲乃以考據學爲主流之時代；甚者，進一步認爲清代士人學者陷入鑽牛角尖式的考據學泥淖中，做的只是經書的考證與整理，而缺乏新的思想。章太炎曰：「清世理學之言，竭而無余華。」〔註 6〕另者，梁啓超在《清代學術概論》中亦明確說到：「吾常言：『清代學派之運動，乃"研究法的運動"，非"主義的運動"』。」〔註 7〕頗有「清代無思想」之感慨。歷來學者多認爲清廷以外族身份入主中國，採以高壓、懷柔政策並用，試圖消弭反抗的聲浪，一則大開文字獄，士人學者爲避禍，遂絕口不談時弊，埋首於陳編紙堆中；一則屢開博學鴻詞科，召集士人廣修《四庫全書》、《明史》等，藉以籠絡當代學界翹楚，皆大大的推動了考據學的興盛。然近年來許多學者們不囿成說，以不同視域的轉換探究學術典範轉移之因，闡發以「乾嘉新義理學」做爲主軸的清代義理學，乃是站在傳統與現代的交會點上，其價值核心漸受到正面的肯定與重視，負有承先啓後的過渡橋樑重任。

當清兵入關、移鼎改祚之際，明朝遺民開始正視理學末流的虛談無根與亡國之相關性，許多有志之士紛紛轉向經世致用之學，在批判理學末流「束書不觀，游談無根」的基礎上，治學轉而崇尚樸實。乾嘉學者亦繼承此樸學精神，治學強調實事求是，以經學爲中心，旁及小學、天算、地理、史學、金石、典章制度等等做校勘、辨僞、輯佚之工作，形成乾嘉嚴謹的學術風氣，從而建立許多由考據學衍生出來的新學問，如文字學、目錄學、金石學、訓詁學等，其旁徵博引、甚至耽於餖飣瑣屑的文學風氣，更帶動了在小說創作上極力逞才耀學的才學小說熱潮，魯迅將《鏡花緣》劃入「以小說見才學」一類，不難看出作者深受時風之影響；再者，李汝珍生於 18 世紀末、19 世紀初，當値弊端百出、問題叢生的中國封建社會末世，面對時局之腐敗、遭遇之坎坷，此部作品自然成爲其寄託憤慨、展抒才能懷抱的載體，然面對當時士子轉向重視經驗面的思潮，李汝珍是否受到此風潮之影響，皆是値得探究之處。

本論文以「《鏡花緣》針砭現實之意義及其思想性研究」爲題，動機有二：

〔註 6〕章太炎：《中國近三百年學術史論》（上海：上海古籍出版社，2006），頁 5。
〔註 7〕梁啓超：《清代學術概論》（上海：上海古籍出版社，1998），頁 43。

一、李汝珍師承淩廷堪之學思轉進

晚明王學末流的游談無根，空談心性、不切實際的空疏無用之風，在清代吹起另一股經世實學之風潮，清初諸大儒提倡「以經學濟理學之窮」，由方以智、顧炎武、黃宗羲等人發其端緒，大力提倡讀古書，講求務博綜而尙實證的治學方法，對於《禮》制的考訂，甚至禮學思想的重視，都具有啓蒙的作用，梁啓超在《中國近三百年學術史》中提到：「他們兩位（指顧亭林、黃梨洲）雖沒有關於《禮》學的專門著作，但亭林見張稷若治《禮》便讚嘆不止，他的外甥徐建庵便著有《讀禮通考》。梨洲大弟子萬充宗、季野兄弟經學的著述，關於訓詁方面的甚少，而關於禮制方面的最多，《禮》學蓋萌芽於此時了。」〔註8〕認爲禮學思想的萌芽乃受清初經世致用思想之灌溉而生。此後許多學者致力於禮學研究，如毛奇齡、萬斯同等皆有禮學專著，《三禮》的考據之風越發熾盛；再者，清初滿漢文化禮儀與漢民族自有扞格不入之處，有其相互排斥矛盾卻不得不融合的現實問題，故清朝轉向對禮制文化上的重視，亦爲禮學發展提供了客觀的學術空間。乾嘉以降，益加要求禮學經世的落實，淩廷堪、阮元揭示「以禮代理」，更將禮學思想推向新的發展階段。李汝珍曾師從「一代禮宗」——淩廷堪，淩氏精通樂理，旁通音韻，其作《李氏音鑑》即受益於淩氏教導，並於《鏡花緣》中大談音韻學問，不難看出受淩師影響之深；此外，《鏡花緣》中對「通情遂欲」、「義利合趨」等新義理觀的呼應，打造以禮經世的「君子國」，大篇幅考據《三禮》等等，皆是其所凸顯的重禮色彩，乃試圖從中考見當代禮學思想的發展，亦是考察其承續淩氏學思的線索。

二、筆者試圖將文學與義理合趨做觀察

明代中期到後期，農業和手工業進一步發展，封建社會有了資本主義的萌芽，自我價值及自我意識的提高，並在「尊情」的文學思潮鼓動下，在王學末流——假道學的道德拉鋸中，人們轉向對於「情」的高度重視，把好貨、好色、勤學、進取、買田宅之類的一切事，皆視爲人最基本的自然欲望和生理需求，是每個人皆具有的本心，也是每個人心中的眞實情感；清儒更進一步予以肯定，尤其是戴震領軍的乾嘉新義理學，以情之好惡爲強調，發展出

〔註8〕梁啓超：《清代學術概論》（台北：華正書局，1994），頁208。

尊情尚智、綰合德智的道德觀。故從孔孟以來標榜「重義輕利」的義利觀受到衝擊，連士人的禁欲觀也受到挑戰，從明代王守仁提出的「新四民觀」，肯定士農工商異業而同道；到陳確之肯定人欲並提出新理欲觀，迨及清中葉進一步提出「以禮經世」的積極思想、發展出「義利合趨」的新價值觀等，皆可覷見明清以來社會價值與傳統價值發生的悖離、現實世界與理念世界不同步的眞實反映及當代反抗意識之呈現。

十八世紀中後期正當資本經濟復甦興盛之際，自給自足的小農經濟已無法順應時勢所趨，李汝珍身當傳統義利新價值觀轉變之際，活躍於商品經濟頻繁及海口貿易發達的海州地區，長期耳濡目染之下，在《鏡花緣》中是否深受此「尊情尚智」、「追求私利」、「義利合趨」等新價值觀之影響，皆是值得探究之處。

本文有別於單就某一思想特色或藝術形式發論，乃試圖站在乾嘉新義理學的思想上，就文學與義理合趨，突顯其「禮學」色彩，將其思想內容與鋪陳手法做統整性的綰合，以期更能反映作者的創作思維與時代風潮。

第二節　研究範圍與方法

本研究對於《鏡花緣》的探討，首先，針對作者生平事蹟、人品風格做考究，更重要是其師承所學的背景，深受當代「禮學」之風影響，由《鏡花緣》中得以考見。其次，針對其呈現的時代思想新動向探究，包括通經致用的實學思潮、通情遂欲的新義理觀、轉向形下氣化世界的重視及針砭，都可見此作品所具有的時代寫實性及批判性。

一、研究範圍

筆者乃針對上述方向來研究《鏡花緣》的思想性，本研究計畫的研究範圍包括「思想內容」與「鋪陳手法」二部份，說明如下：

（一）思想內容

明亡之後，清初諸儒發出一股對於理學末流空言誤國的批判聲浪，故轉向提倡博證尙實的學術風氣，成爲清代經世思潮的內催力量。而延續著南宋以來的朱陸之爭的議題，再加上清廷將程朱理學定於一尊成爲官學，於是在清初程朱學派挾著政治優勢佔居上風，然陸王學派將程朱學派奉爲圭臬的一系列立論經書做了考訂，回歸原典，辨其眞僞，打破了程朱學統的道統權威，雙方皆以考據做爲推翻對方立論的後盾，掀起了「漢宋之爭」的波瀾，於是更帶起了考據之風。乾嘉時期諸儒考證經典的學術風氣轉趨嚴謹與積厚，於是形成了清代中葉實學考證的全盛時期學派。但往往易陷入爲考據而考據的迷思中，如現代學者張麗珠先生所言「清代除了極少數具有強烈哲學自覺如戴震者以外，大多數義理思想都只是依附經典的章句訓詁以呈現的。所以清儒普遍是通過經典詮釋以建構哲學思想的，義理學只是檯面下的伏流。」〔註 9〕戴震透過《孟子字義疏證》重新詮釋性、理、道等一系列儒家核心概念，以考據爲手段，追求義理爲目的，建立一套肯定形下氣化、重視經驗世界的思想體系，但在當時，這樣的新義理觀卻受到方東樹等多人的撻伐，所幸其後出現了許多知音，包括焦循、淩廷堪等人對其新義理觀加以繼承、深化，於是乾嘉進入義理學的革命時代，形成了所謂「反動」。故清儒「由詞通道」地結合了考據學與義理學，轉向經驗面的強調，重視自然人性論的闡發，此爲另一種價值趨向的轉變。李汝珍雖非一代義理學者，然其師淩廷堪卻是捍衛新義理思想的尖兵，故李氏創作之思維是否受淩師所點化，乃是本論文研究的重點方向之一。

是故本研究計畫立足於以「乾嘉新義理學」爲主軸的「清代新義理學」上來觀察，而「乾嘉新義理學」是透過尊經崇漢、徵實博考的考據方法，強調形下氣化的世界及經驗界的價值；依此思想脈絡，李汝珍在《鏡花緣》一書，得到的評價定位，不只是炫耀奇才異學、賣弄經學考據及小學的成績而已，還有對當代思想新動向的呼應：包括對經驗世界的重視及刻畫，對人欲、情欲的肯定及正視，對禮治思想的承續及宣化，對「以利爲善」新價值觀的呼應，甚至書中逞才炫學的小說特色與考據時風的聯繫關係等等，都是值得觀察研究者。

（二）鋪陳手法

《鏡花緣》乃以謫凡故事爲發端，其情節之發展，根源於轉世、謫世的架構上，採取了以楔子、正文、結尾的敘述方式，鋪陳了百花仙子獲罪遭謫降下凡，經過轉世投胎成爲不具法力的凡人，歷經人間歷劫，再重返天庭的情節，順著一切的因果皆爲定數的敘事手法，讓此書游刃於仙凡兩界的框架結構中，充滿迷離的神奇色彩，卻不至於入靈怪之流。在「世如鏡中花，虛

〔註 9〕業師張麗珠：《清代的義理學轉型》（台北：里仁書局，2006），頁 35。

實皆因緣」的主題思想下，依恃「緣」的聯繫下，將故事邏輯化，讓情節合理化，其本質皆指向必然性的定數，以「定數」為主軸的敘事手法，將世事推向命定，然而「知命」是為了「安命」，故在「聽天命」之前，強調的即是「盡人事」，而非一味聽任命運安排的宿命色彩。

在由凡返仙的命定天路歷程中，描寫大量的海外奇花異物，在海外遊歷之中，設計不同的國度裡有著不同面貌的人民，瑰奇、荒誕的筆法與想像令人折服，充滿強烈的浪漫色彩，即使浪漫卻不失其諷刺性，遊歷中所見的林林總總皆是社會中各類人物形態的縮影，尤其側重於人性的醜陋和陰暗面的著墨，以反映人性的複雜，並對「人性脆弱及卑劣」、「社會陋習百態」、「科舉取士陋相」做了深刻、豐富的批評與見解，展現其關懷社會現實之色彩。然濃厚的宿命理論之下，以因果報應論積極的表達懲惡賞善、勸人向善的思想，讓《鏡花緣》不至於流入靈怪空鬼之列，與「乾嘉新義理」中的「終善」思想頗有暗合之處，此皆為本論文研究之範疇。

二、研究方法

《鏡花緣》為一部充滿炫才耀學色彩之文學著作，而非專講義理之作，此乃無庸置疑；然因作者身處弊象叢生的中國封建末世中，又師承乾嘉學者──淩廷堪，淩氏對於宋明理學的批判、談論《春秋》、三《禮》等等論述，往往成為李氏創作小說的素材；對於當代人心之所向及改變、社會種種現象之生發，皆具有高度的社會關懷，甚至不吝於提出治國除弊的良方，通過此書的抽絲剝繭並與乾嘉義理做縮合後皆可歷歷呈現。

面對明清以來社會價值與傳統價值出現的矛盾、衝突之時，儒學義理必須因應需要與時俱進，宋明儒者專談形上面、講求證體的心性義理之學已無法跟上時代價值觀嬗遞的腳步，乾嘉學者通過嚴謹縝密的考據手法，建立一套正視經驗價值、講求實踐的新義理系統，順勢將義理成功轉型以因應時代變遷之需要；若從回溯歷史的角度來檢視，以「乾嘉新義理學」做為主軸的清代義理學，其轉型的力量適足以成為推動儒學現代化的內蘊力量，其影響之深遠不容小覷。

本論文主要以《鏡花緣》的文學內容為考察對象，立足於新義理學轉型之歷程，檢視其對價值轉型下的社會背景與社會思想所做的呼應，廣泛採用「內容分析法」，以張麗珠教授所揭出以戴震為核心，至淩廷堪、阮元等人一系列的「乾嘉新義理學」爲思想主軸，大量閱讀明清以來相關的義理文獻資料，考見價值觀、義理觀的轉變趨向，再從《鏡花緣》中做定向式、結構式分析與例證，以見其與當代義理學風綰合之處。

乾嘉新義理學雖非時代主流，卻是當時價值思想的眞實反映與焠煉，從《鏡花緣》中生動的刻畫中，即可想見當時社會種種流弊，並使清代新義理學發生的具體社會背景得以呈現。故對於清代義理學之典範轉移要先做一溯本追源的爬梳。首先，筆者從思想發展史的角度，綜合陳述晚明與清代前中期思想家在義理、考證學術上的主張與貢獻，兼論「漢宋之爭」癥結乃在義理立場之相左，故掀起注重考證、崇尚實學的盛潮，這股炫耀才學、以六經爲本的風氣，從「以文爲戲」的《鏡花緣》中處處可見例證。繼而由孔孟以來對人性善惡的價值評析到清代對於「欲」、對於「情」、對於「利」的價值移易，針對其中的轉變異同做一脈絡的整理、論證，從《鏡花緣》中即可見其對「通情遂欲」、「重情尚智」、「以禮經世」、「以利爲善」等新價值觀的呼應，亦可察見當代民心之所向。再者，對於當代重視形下氣化世界、強調經驗面落實的風氣，在《鏡花緣》中亦是頗多呼應之處，乃採舉例之法印證之。《鏡花緣》出現了林林總總的奇花異草、怪人異獸，其皆有所本，乃透過考證查其原本所由，就其所本與李汝珍筆下所表現者加以比較，更能了解李汝珍非僅只是炫耀個人才學，更多的是對民瘼的關懷、現實的針砭。此外，《鏡花緣》中仙凡二界交感，凡事依恃著「緣」之定數書寫，以「鏡花水月」之幻影看待人間世事，卻又積極表達善惡果報、習善去惡的思想，寄寓勸向善、正人心之意旨，亦是必要探究之處。本論文即針對上述種種面向，冀望能將當時社會思想如實的呈現，以此證明清代非思想貧弱的時代，而李汝珍創作《鏡花緣》亦非只是炫耀其廣才博學，乃是深具思想、啓發的意義。

第三節　前人研究成果

歷來學者對於《鏡花緣》研究，主要著眼於兩個方面：包括李汝珍的生平研究與《鏡花緣》文本的探討。在生平的研究上，以其直接記載甚少，多根據余集、石文煃、許桂林等人在《李氏音鑑》所作之序文及《鏡花緣》中的序文、內容來推知，可做爲對其生平事蹟之重要參考，而對李汝珍生平行狀予以考究、勾勒最詳晰者當屬胡適，於 1923 年所作的〈《鏡花緣》的引論〉

一文，〔註 10〕凡四章，有三章論述李汝珍生平、人品及其音韻學。其後孫佳訊等人亦針對李汝珍生平及《鏡花緣》此書的考證等問題，與胡適作書信上的意見交流。在文本的研究上，有針對其思想內容評價者，亦有就其藝術形式研究者，甚有與其他文本做比較者，如將《鏡花緣》與《西遊記》做比較評析等。

在思想內容的研究上，《鏡花緣》中的「女兒國」是受人矚目的，歷來許多學者把它視為婦女問題的民主思想前鋒，亦有針對小說中的民族思想、時代精神、地方特色或對科舉制度做批判。在藝術表現上，有針對其濃厚的學識色彩，或就其神話世界的迷離色彩做研究者。而歷來以《鏡花緣》為主題的研究，將分「專書」、「單篇論文」、「附見於專書中的散論」三部份，述之如下：

一、專書著作

目前約有下列幾本：一為李劍國、占驍勇所著《〈鏡花緣〉叢談》，〔註 11〕凡五篇，分為文心篇、海外篇、才女篇、技藝篇、雜談篇等，針對其敘事結構藝術特徵，對全書藝術表現進行概括性評論，並對三十多個海外異國及種種方物做考證，對各種游藝技能做源流沿革的探討，亦藉才女問題表現作者思想性情，頗利於初研者對於全書思想、藝術表達之掌握。其二為蘇淑芬所作《鏡花緣研究》之碩士論文，〔註 12〕認為《鏡花緣》具有下列三點優點：（1）豐富的想像力（2）反對科舉（3）提出理想的社會，如關心婦女問題，其見解是促進社會改進的原動力；其三為王瓊玲以《清代才學小說研究》為題之博士論文，〔註 13〕將《野叟曝言》、《鐔史》、《燕山外史》及《鏡花緣》並稱「清代四大才學小說」，將此四書分別做研究，在《鏡花緣》研究上，除做作者與版本探討外，著重於創作目的上的剖析，認為李氏創作之目的乃是「庋藏博學」、「炫耀多藝」、「展現見識」、「顯露文才」，對於其博學色彩探討頗為詳盡深入。其四為周芬伶所著《西遊記與鏡花緣之比較研究》，〔註 14〕將此二書歸為神怪小說，分別就其「結構」、「人物」來做討論，分析其創作心理。

〔註 10〕 胡適：〈《鏡花緣》的引論〉，《胡適文存》，第二集，頁 400～433。
〔註 11〕 李劍國、占驍勇：《〈鏡花緣〉叢談》（天津：南開大學出版社，2004）。
〔註 12〕 蘇淑芬：《鏡花緣研究》（台北：東吳大學中文研究所碩士論文，1976）。
〔註 13〕 王瓊玲：《清代才學小說研究》（台北：東吳大學中文研究所博士論文，1996）。
〔註 14〕 周芬伶：《西遊記與鏡花緣之比較研究》（台中：東海大學中文研究所碩士論文，1980）。

二、單篇論文

目前所發表的關於《鏡花緣》的單篇論文，有針對作者生平做考訂者，如胡適先生發表〈《鏡花緣》的引論〉，〔註15〕乃最早對於李汝珍生平做有系統研究者，並對其音韻學成就、《鏡花緣》創作意旨做論述，側重於進步的女權思想上；或孫佳訊先生做〈關於《鏡花緣》的通信〉一文，〔註16〕針對《鏡花緣》的作者及其生卒年做考定，並與胡適之作書信上的交流，對於作者的了解幫助甚大。亦有針對《鏡花緣》的創作意旨做討論者，譬如蘇淑芬先生作〈李汝珍用寓言表示諷刺的創作精神〉一文，〔註17〕認為李汝珍利用寓言的方式，表達對「科舉制度與酸儒」、「爭名奪利及鄙吝者」、「憂心者及其他人性弱點」等方面的諷刺；又如李昌華先生在〈《鏡花緣》論〉一文中，〔註18〕認為「善」乃作者思想核心，積極打造儒家復古主義的善所構築的理想社會，故無論思想上還是藝術上的重大缺陷，都出於李汝珍對人欲、人性、人情的漠視和壓抑，深具個人侷限性；或龔際平先生發表之〈《鏡花緣》價值的重新認識〉一文，〔註19〕分為對《鏡花緣》的「文學史地位的認識」、「主題學意義」兩大部分來分析，認為此乃以才學為主來表達主題需要的敘事策略，其主題內容是人生理想境界的金字塔，也是溝通古代與近代的「寓言」；又或范義臣、林倫才先生所作〈秉持公心、諷時刺世——淺評《儒林外史》、《鏡花緣》的諷喻主題〉，〔註20〕指出此二書的思想意義主要表現有三方面：「對封建科舉制度的揭露和批判」、「鞭撻了兇殘貪暴的統治者」、「抨擊了封建社會的道德淪喪和世風虛偽現象」；而夏志清先生在〈文人小說家和中國文化——『鏡花緣』研究〉一文中，〔註21〕認為《鏡花緣》以寓言性的架構，

〔註15〕胡適：〈《鏡花緣》的引論〉，《胡適文存》，頁400～433。

〔註16〕孫佳訊〈關於《鏡花緣》的通信〉，收於《胡適文存》（台北：遠東圖書公司，1975），第三集，頁241～248。

〔註17〕蘇淑芬：〈李汝珍用寓言表示諷刺的創作精神〉，《中國古典小說研究專輯》（台北：聯經出版有限公司，1982），第五集，頁243～269。

〔註18〕李昌華：〈《鏡花緣為》論〉，《連雲港教育學院學報》1995年第四期，頁16～22。

〔註19〕龔際平：〈《鏡花緣》價值的重新認識〉，《淮海工學院學報》2004年6月，第2卷，頁30～33。

〔註20〕范義臣、林倫才：〈秉持公心、諷時刺世——淺評《儒林外史》、《鏡花緣》的諷喻主題〉，《重慶工學院學報》，2005年7月，頁126～128。

〔註21〕夏志清：〈文人小說家和中國文化——『鏡花緣』研究〉，《中國古典小說論集》（幼獅月刊，1975），40卷，第3期，頁228～255。

卻不脫傳統的道德情操，故質疑「大有諷刺之名，卻未盡諷刺之責」。

另者，有許多學者針對《鏡花緣》一書的結構特色做探討，如李豐楙先生發表〈罪罰與解救：《鏡花緣》的謫仙結構研究〉，〔註22〕認爲此書的主體結構基本上套用道教謫譴神話的模型與教義，以敷衍成百回的長篇；又如敦玉林先生在〈鏡花緣中的定數觀念及其敘事方法〉一文，〔註23〕以《鏡花緣》爲主要研究對象，對中國古代小說中的「定數」觀念的諸種表達型態進行考察，探討此手法在文本結構和敘事方法上的體現和功用；或樂蘅軍先生在〈蓬萊詭戲——論「鏡花緣」的世界觀〉中，〔註24〕針對《鏡花緣》中的「神話」世界做探討，認爲乃是作者對於「人生一切作爲只是一場神話的遊戲」的嘲諷。此外，尙有許多專就《鏡花緣》成書時代的背景與氛圍做討論的單篇論文，譬如李明友先生所作〈淮楚氣息與齊莒風概——《鏡花緣》成書時代背景研究〉，〔註25〕對於崇尙豪侈風雅的淮楚時風、道德俗弊等成書背景深入探討；或如張蕊青先生所作〈乾嘉揚州學派與《鏡花緣》〉，〔註26〕從清中葉揚州學派的探討上，揭露《鏡花緣》中以學問爲小說的特徵，和反封建、反理學的思想傾向，及其發表之〈《鏡花緣》與清代中期的學術思潮〉一文，〔註27〕認爲乾嘉的漢學思想和嘉道年間的經世思潮，對《鏡花緣》影響甚大，主要體現在批判封建君主專制制度、批判封建禁欲主義及抨擊空疏不實的學風上。亦有針對《鏡花緣》做總論歸結的單篇論文，例如李辰冬先生發表〈鏡花緣的價值〉，〔註28〕分以「主旨」、「作者」、「時代背景」、「意義」、「藝術造詣」等大題來探討《鏡花緣》，認爲乃作者「表現民族氣節」之作。或王學鈞先生所作〈李汝珍的自寓與覺悟——《鏡

〔註22〕李豐楙：〈罪罰與解救：《鏡花緣》的謫仙結構研究〉，《中國文哲研究集刊》1995年第7期，頁107～156。

〔註23〕敦玉林：〈鏡花緣中的定數觀念及其敘事方法〉，《明清小說研究》2003年第69卷，頁205～212。

〔註24〕樂蘅軍：〈蓬萊詭戲——論「鏡花緣」的世界觀〉，《中國古典文學研究叢刊．小說之部》（台北：巨流圖書公司，1985），第三集，頁243～261。

〔註25〕李明友：〈淮楚氣息與齊莒風概——《鏡花緣》成書時代背景研究〉，《明清小說研究》1994年第4期，頁90～102。

〔註26〕張蕊青：〈乾嘉揚州學派與《鏡花緣》〉，《北京大學學報》1995年第5期，頁103～107。

〔註27〕張蕊青：〈《鏡花緣》與清代中期的學術思潮〉，《寧波大學學報》1999年12月第4期，頁13～17。

〔註28〕李辰冬：〈鏡花緣的價值〉，《李辰冬古典小說研究論集》（北京：中華書局，2006），頁327～338。

花緣》新論〉一文，〔註 29〕認爲此書貫注著乾嘉漢學通經致用的理想，然通經能否致用，取決於能否獲取功名以用世，而功名卻取決於帝王好惡和命運，猶如「鏡花水月」，揭示作者人生的覺悟和主題。

三、附見於專書中的散論

專書中附帶討論《鏡花緣》一書之處，多針對此書之文學成就做定位，如魯迅將《鏡花緣》納入「清之小說見才學者」之列，〔註 30〕張俊在《清代小說簡史》中將其列爲「清中葉雜家小說的代表作」，〔註 31〕錢靜方在《小說叢考》中認爲此書乃「炫博之辭」、「空中樓閣」之作等等。〔註 32〕亦常見於討論婦女地位篇幅中，如陳東原《中國婦女生活史》中，討論清代婦女在男權極端擴張下所顯現的面目，並痛斥崇拜小腳之怪癖，舉《鏡花緣》中的「女兒國」來撻伐纏足之風，並認爲在當時李汝珍乃爲「女性同情論者」。〔註 33〕又如吳根友論《中國現代價值觀的初生歷程》，〔註 34〕認爲從 18 世紀到 19 世紀初中國的解放婦女的思想運動，是鴉片戰爭後中國近代社會婦女解放運動的「活水源頭」，並以《鏡花緣》爲例，說明 18 世紀以來男尊女卑觀念的被顛覆，百名才女積極受教育追求參政權利等，皆可見到男女平等思想的深化，進一步追求男女權利的平等。

綜而觀之，歷來學者不論在專書著作、單篇論文或附見於專書中的散論等等，對於《鏡花緣》一書的探討甚多，包括其文學及藝術價值評析，或作者創作意趣、創作態度的論述，先賢前輩在這些層面上已有頗多的詳評精論，皆令人敬仰、折服。但有別於前者，本論文企圖擺脫「清代無思想」的窠臼，立足於「乾嘉新義理學」上，以當代的「禮學思潮」爲主軸，即能從此書中看到與當代新義理的呼應，包括新價值觀的萌生，與舊思維的衝擊所產生的思想火花，或作品中所反映的社會問題，寄寓當代新義理學之欲以理論解決

〔註 29〕王學鈞：〈李汝珍的自寓與覺悟——《鏡花緣》新論〉，《連雲港師範高等專科學校學報》2006 年 3 月第一期，頁 45～49。

〔註 30〕魯迅：《中國小說史略》，頁 301。

〔註 31〕張俊：《清代小說簡史》（太原：山西人民出版社，2005），頁 164～166。

〔註 32〕錢靜方：《小說叢考》（台北：長安出版社，1979），頁 53。

〔註 33〕陳東原：《中國婦女生活史》（台北：商務印書館，1994），頁 246～257。

〔註 34〕吳根友：《中國現代價值觀的初生歷程》（武漢：武漢大學出版社，2004），頁 291～300。

的問題，甚至與新義理學思想有暗合與承繼之處，故本文透過「禮學」的三稜鏡，將文學與義理合趨，更深入清晰地折射、映照出當代的社會思想發展及作者創作的思想意圖。

第二章　李汝珍傳略

如果「清代，站在儒家文化從傳統轉進現代化的轉折點上，是中國文化與世界接軌、融入世界性整體現代化歷程的窗口」，〔註 1〕那麼「乾嘉之際」絕對是這扇窗口非常重要的平台。中國在鴉片戰爭前夕，面對資本主義經濟已經在中國社會中孕育萌發的景況，讓從「形上」面來肯定道德價值的「理學」也受到嚴酷的批判，作爲當時知識份子之一的李汝珍也察覺到這一時期的社會大變革，因而在《鏡花緣》中客觀地反映了這一時代的精神、明朗地表達了順應潮流的見解。

第一節　家世及生平

李汝珍生活的年代，正值中國封建社會之末世，資本主義萌發之際，加上學習的歷程中，師承乾嘉學者一代禮宗——淩廷堪，以戴震爲代表的乾嘉學派對《鏡花緣》的影響最重要的乃在於對宋明理學的批判；再者，《鏡花緣》成書於海州，宦途不得志的李汝珍在鹽業發達的海州，看到的是日漸豪侈風雅的「淮楚氣息」，書中反映的，正是這種舊封建社會農村自然經濟型態下，民俗民情與豪侈的「淮楚氣息」衝突碰撞過程中所產生出來的世事變幻、人心失衡的種種奇怪現象。

一、生卒年及成書時間之考定

李汝珍，字松石，直隸大興（今北京大興縣）人，其生平材料留存後世

〔註 1〕此語借自業師張麗珠：《清代的義理學轉型》（台北：里仁書局，2006），頁 41。

不多，最早對李汝珍生平行狀予於勾勒的是胡適，根據胡適先生於 1923 年所作的〈鏡花緣的引論〉一文，〔註 2〕考出「自乾隆四十七年至嘉慶十年（1782～1805），凡二十三年，李汝珍只在江蘇省內，或在淮北，或在淮南」；對《鏡花緣》之作期，胡文認爲「是李汝珍晚年不得志時作的」，書刻成時，「李汝珍還活著」。並認爲「約 1810～1825 爲《鏡花緣》著作的時期」。至於其生卒年，胡文提到「他的生年大約在乾隆中葉（約 1763），他死時約當道光十年（約 1830），已近七十歲了」。經由胡文之考辨，李汝珍一生行跡多得坐實。

後來，大陸學者孫佳訊發表〈《鏡花緣》補考——呈正于胡適之先生〉一文，〔註 3〕根據《海州志・職官表》考得李汝珍之兄李汝璜於乾隆四十八年癸卯（1783）任板浦場鹽課司大使，直至嘉慶四年己未（1799）卸任，〔註 4〕但卸任後仍居板浦，至嘉慶八年癸亥（1803）方離開板浦而赴淮南草堰場就任。而李汝珍亦追隨其兄至江蘇，另據許喬林《弇榆山房詩略》，嘉慶辛酉（1801）年中有《送李松石縣丞汝珍之官河南》一詩，證明了「李汝珍確於嘉慶六年，到河南做過官的」。因此，也考定出「李汝珍自乾隆四十七年至嘉慶六年，皆在板浦一帶」之生平行跡。

至於《鏡花緣》成書時間，據許喬林《鏡花緣・序》所言「《鏡花緣》一書乃北平李子松石以十數年之力成之」，〔註 5〕李汝珍自己於《鏡花緣》第一百回的結尾亦云：「消磨了十數多年層層心血，算不得大千世界小小文章。」從道光元年上推十年，即爲嘉慶十六年；「十餘年」約爲嘉慶十四五年。故孫文推論：「《鏡花緣》著作時期，自嘉慶十四五年，至嘉慶末年止，約十餘年。」〔註 6〕這種言之有據的推算，自可令人信服。

至於李汝珍的卒年，孫佳訊據許喬林道光十一年（1831）所編《朐海詩存・凡例》，知道李汝珍於道光十一年前已逝世，因而認爲胡適之推論「大概是不錯的」。

因此根據現存資料推算，李汝珍約生於清乾隆二十八年（1763）或以後，

〔註 2〕胡適：〈鏡花緣的引論〉，《胡適文存》（台北：遠東圖書公司，1975），第二集，頁 400。

〔註 3〕附錄於胡適：《胡適文存》（台北：遠流出版公司，1986），第三集，頁 400。

〔註 4〕據唐仲冕等修：《海州直隸志・職官表》（台北：成文出版社，1966），卷五，頁 115。

〔註 5〕詳見李汝珍：《鏡花緣》（台北：三民書局，1979），頁 1。

〔註 6〕附錄於胡適：《胡適文存》，第三集，頁 247。

約死於道光十年（1830）或以前。至其著書時期，惟《鏡花緣》第三十五回已談到治河的經驗，則著書當在李汝珍到河南任縣丞（嘉慶六年 1801 年）治河以後，故合理的推算，開始著書的年代當在嘉慶十年（1805 年）以後，至嘉慶二十五年（1820 年）前，十餘年間所完成的作品。

二、遷徙海州，廣交文士

李汝珍雖是河北大興人，因隨兄長李汝璜赴任到海州，長期寓居板浦，在板浦他拜徽商出身音學家淩廷堪爲師，而淩廷堪在乾隆四十六年，游揚州，慕其鄉江慎修、戴東原兩先生之學，這正是其一生的大關鍵處：

> 以戴震爲代表的「清學全盛期」對《鏡花緣》的影響，固然離不開經學考據，然而更深層次、更重要的影響則是對宋明理學的批判。其中承上啓下的關鍵人物是淩廷堪。〔註 7〕

李汝珍跟隨著淩廷堪學習，打下堅實的學問基礎，尤其在音韻學上有精深的研究，從《鏡花緣》對歧舌國的描寫中，不難看出他在音韻學上知識的博深。而淩廷堪的一些學術成果也成了李汝珍在《鏡花緣》中談《春秋》、論《三禮》、說音韻的創作素材，小說中談及歷朝禮制及注《禮》各家的資料，多數也都源於淩氏的論述。

淩廷堪與許喬林、許桂林是爲表兄弟，而李汝珍早年喪妻，續絃娶的是二許族中的堂姊，於是淩廷堪與二許兄弟和李汝珍相互聯繫的是師友親戚之誼，這是直接的影響；與他交往的其他朋友，包括吳振勃、徐銓、徐鑑、徐廷和、沈桔夫等人，都是學術有專攻的學者，對於以炫學博識著稱的《鏡花緣》而言，不無影響。

嘉慶十六年，李汝璜卸淮南草堰場大使任，舉家移居揚州，李汝珍由此經常往返揚州、海州之間，而二許兄弟行跡所至亦多在此之間，因此在揚州和海州都有一批文友，與乾嘉諸子的密切交往對李汝珍也產生了間接的影響。洪亮吉、孫星衍、阮元都是乾嘉學子中的翹楚，後來都與二許兄弟關係友好，同是志同道合的道義之交，又是考據大師與思想賢士合二爲一的眞才子，對李汝珍的思想傾向及《鏡花緣》的創作都有其影響。

〔註 7〕 李明發、李明友：〈《鏡花緣》成書時代的思想文化衝突〉，《明清小說研究》（江蘇省社會科學院，2000），第一期，頁 158。

三、短暫仕途，治水河南

李汝珍於學無所不窺，其內表弟兼好友許喬林為《鏡花緣》寫〈序〉曰：

> 枕經葄史，子秀集華；兼貫九流，旁涉百戲；聰明絕世，異境天開。〔註8〕

強調李汝珍的聰慧及其津逮淵富的博學。余集在《李氏音鑑・序》中也說：

> 大興李子松石，少而穎異，讀書不屑章句帖括之學。以其暇，旁及雜流，如壬遁、星卜、象緯、篆隸之類，靡不日涉以博其趣，而于音韻之學，尤能窮源索隱，心領神悟。〔註9〕

其「讀書不屑章句帖括之學，以其暇，旁及雜流」的性格，不屑去鑽研八股制藝，所學多是不合時宜的學問，在官場上自然不能得志，只在河南做過一個短時期的基層官員。

另據許喬林《弇榆山房詩略》，嘉慶辛酉（1801）年中有〈送李松石縣丞汝珍之官河南〉一詩，證明了「李汝珍確于嘉慶六年，到河南做過官的」。一九八六年，李時人先生根據「河南國家黃河水利委員會」的檔案資料，撰寫了〈李汝珍河南縣丞之任初考〉一文，〔註10〕認為李汝珍所謂「之官河南」，應是經由捐納而得官，且其時大壩已完成，故李汝珍實未能參加大壩修築工作，很可能只是捐資得一治水縣丞的頭銜，或參與邵壩治理的後期工作，並非得到沿河州縣實授縣丞的職務。

因此，在現實中，李汝珍未能將「熟讀河渠書」的才略盡數施展於治河築壩的水利工程上，遂將其未竟的理想，與若干實務經驗寫入《鏡花緣》裏。在《鏡花緣》三十五回唐敖談治河一段，確實是李汝珍的經驗，許喬林頗期「他年談河事，閱歷得確驗」，可算得確驗了。

四、豪爽不羈、針砭時弊的個性與思想

《鏡花緣》所用之筆墨詼諧，寓諷刺於幽默之中，這樣的語言風格也反映出作者豪邁俠直的性格。而從石文煃《李氏音鑑・序》中亦可以略窺一二，

〔註8〕詳見李汝珍：《鏡花緣》，頁1。

〔註9〕李汝珍：《李氏音鑑》編於《續修四庫全書・經部・小學類》（據華東師範大學圖書館藏、清嘉慶15年寶善堂刻本影印），頁380。

〔註10〕李時人：〈李汝珍河南縣丞之任初考〉，發表於《明清小說研究》第六輯（江蘇省社會科學院，1986），頁237～242。

提到：

> 松石先生抗爽遇物，肝胆照人。平生工篆隸，獵圖史，旁及星卜弈戲諸事，靡不拾手成趣。花間月下，對酒征歌，興至則一飲百觥，揮霍如志。〔註11〕

即使仕途的不得志，仍不減其「對酒當歌」的豪爽，不願屈就於八股體制中，卻也能揮灑出自己的一片天地；正如許喬林在《鏡花緣序》中所言「昔人稱其正不入腐，奇不入幻；另具一副手眼，另出一種筆墨」，〔註12〕也正因為如此豪爽不羈的個性與關懷現實的奇筆，才成就了這部雅俗共賞之作。

第二節　李汝珍與《李氏音鑑》

李汝珍在創作《鏡花緣》中展露了過人的才華，令人見其學富五車之學識。在《鏡花緣》中李汝珍「以文為戲」所展現的諸多技藝，可見其於創作藝術上之別出心裁；另者，書中尚有論及「音韻學」、「醫藥學」、「算學」、「經學」、「史學」、「水利學」……等，足見其所學之淵博。然而追溯其學識源流，不難發現其生於北平，長居江蘇板浦，故精通南北之音；又師事淩廷堪，論文之暇，兼及音韻，其好友中不乏精通古音者，如許桂林、許喬林即是，因此在師友之影響下，音韻學為其一生精力所萃的專長，也傾力的將音韻專長寫入《鏡花緣》中。

李汝珍《李氏音鑑》中有三十三個聲母、二十二個韻母，據此做為反切的基礎。在當時的音韻學偏於考證古韻的沿革，而忽略了今音的分類，李汝珍卻有知古音而重今音的實用觀念，極受肯定，胡適先生即認為其特別長處乃在「(1)注重實用，(2)注重今音，(3)敢於變古」。〔註13〕而此書在當時流傳甚盛，亦頗受推崇。石文煃在《李氏音鑑・序》云：

> 宋又重修《廣韻》，艱深晦澀，疑義闕文，學者童而習之，白首茫如矣！今此書之明白顯易，舉數千年口不能喻，手不能招者，一旦而村婦爨嫗，皆能信口諧音。〔註14〕

此書之可貴乃在其易讀易解，即便是「村婦爨嫗」也能「信口諧音」，在音韻

〔註11〕李汝珍：《李氏音鑑》，頁381。
〔註12〕李汝珍：《鏡花緣》，頁1。
〔註13〕胡適：〈鏡花緣的引論〉，頁400。
〔註14〕李汝珍：《李氏音鑑》，頁381～382。

學中確實有其特色、價值。

音韻學，是李汝珍學問的精華，且在當時已受到肯定，因此在將音韻寫入小說時，其創作態度更求嚴謹，而音韻學也是佔全書份量最重的地位，故本節將就其時代氛圍及《鏡花緣》一書中的音韻學加以論述。

一、《李氏音鑑》成書的時代氛圍

關於《李氏音鑑》的成書年代，在〈音鑑・李汝璜序〉中嘗指出「嘉慶十年，《音鑑》成書」，〔註 15〕可見《音鑑》乃成書於乾嘉考據學興盛之時。許多人認爲清代考據學之興盛，乃由於雍正、乾隆時期，對文人採取了嚴酷的統治政策所導致，尤其在乾隆時期，屢禁燬書籍，大興「文字獄」，過去學界普遍認爲當時的文人學士爲了避免觸及文網，故將時間和精力用在古代典籍的整理上，因此「『所謂黃金時代』的乾隆六十年，思想界如何的不自由，也可想而知了。」〔註 16〕所以形成考據學獨佔鰲頭的局面，乾隆、嘉慶年間，清代的考據學甚至發展到了鼎盛時期，形成著名的乾嘉學派。現代學者張麗珠教授則認爲「清代考據學的興起，在除了這些屬於外緣的歷史條件以外，應該還有一些更重要、屬於內在的不可或缺要素。」〔註 17〕以考據做爲治學的主軸及方法，在歷代是顯而易見的手法，而歷代亦不乏有文化高壓政策，卻很少出現考據學興盛的時代，此乃值得深究之處。

清初的考據學最早是以「辨僞」的面貌出現，而辨僞的主題背後乃是以朱王之爭爲議，即因理學內部的問題難以獲得一致的結論，故轉向講求實證的考據方法來論證理學經典之僞。宋明理學講求的是「形上」的「理」，強調的是「證心體」工夫，重視內向思辨，到了理學末流反生好發空論、言之無物的弊病，故清儒多不滿宋明儒之虛談無根。再者，明清以來對於「欲」的探討漸趨正向，即轉向肯定氣化現實世界的價值觀，所以「清儒立足在已然扭轉的價值觀上，提出了迴異於宋明理學內向形上思辨，以恢復儒學中素樸的經驗直觀傳統爲標榜的實證方法。」〔註 18〕因此張麗珠教授認爲考據學的興起是「儒學必然的內在理路演進」，除了是價值觀的丕變——將視域與論域

〔註 15〕轉引自孫佳訊：〈《鏡花緣》補考〉，《胡適文存》第三集，頁 582。
〔註 16〕梁啓超：《中國近三百年學術史》（台北：里仁出版社，2005），頁 29。
〔註 17〕詳見業師張麗珠：《清代義理學新貌・第二章清代考據學興盛的原因》，頁 47。
〔註 18〕同前註，頁 81。

轉移到形下之器，以及方法論的改易——從主觀思辨到客觀實證之外，更重要的是要以經典的證據解決義理的是非紛爭，筆者認爲此論點更能貼近清代考據學興盛的眞相。

延續著南宋以來的朱陸之爭的議題，再加上清廷將程朱理學定於一尊成爲官學，於是清初程朱學派挾著政治優勢佔居上風，陸王學派將程朱學派奉爲圭臬的一系列立論經書做了考訂，回歸原典，辨其眞僞，打破了程朱學統的道統權威；當然，程朱一派也對王學提出了考證上的質疑，彼此各擁不同的義理立場，卻皆以考據做爲推翻對方立論的後盾，於是更帶起了考據之風。考據到了乾嘉時期更爲興盛，並非讀書人逃避清廷文字獄的迫害，轉而埋首於較少思想的考據學中，筆者認爲誠如張麗珠先生所言「考據學興盛是學術發展從理性思辨向經驗實證演變的發展歷程」，〔註 19〕學術風氣轉向經學實證上，不再侷限於與義理紛爭相關的典籍上，而是普及於全面的經書上，於是形成了清代中葉實學考證的全盛時期學派。

乾嘉時期既是考據學發展最鼎盛的階段，卻又是「漢宋之爭」衝突最高點的時候，由此觀之，「漢宋之爭」絕非僅是考據與義理兩種學術型態之爭。乾嘉學派的漢學代表人物首推戴震（1723～1777），堅持「故訓非以明理義，而故訓胡爲？」〔註 20〕戴震不但精通文字學、音韻學、訓詁學，而且涉足天文、數學、水利、地理等自然科學領域，在乾隆年間被召入四庫館編纂官修《四庫全書》。然而戴震論學，實以義理爲第一要義，彼嘗言：「僕生平論述，最大者爲《孟子字義疏證》一書。此正人心之要。」〔註 21〕指出《孟子字義疏證》乃「正人心之要」的義理之書也。彼又言：「六書、九數等事，如轎夫然，所以舁轎中人也。以六書、九數等事盡我，是猶誤認轎夫爲轎中人也。」〔註 22〕以轎夫喻考據，以轎中人喻義理，其本末輕重由此易見，乃以考據爲手段、追求義理爲目的，緊密牽綰考據學和義理學，建立起一套肯定形下氣化、重視經驗世界爲根本的思想體系。

但當戴震提出新義理學說時，卻腹背受敵，既受到純粹就經典考據作經注、訓詁的漢學家質疑，如漢學派領袖朱筠（1729～1781）言「程朱大賢，立身制

〔註19〕同前註，頁 121。

〔註20〕戴震：《戴東原集》（台北：中華書局，1980），卷 11，頁 6。

〔註21〕戴震：〈與段玉裁書〉（附錄於胡適《戴東原的哲學》，台北：遠流出版社，1988），頁 260。

〔註22〕戴震：《戴東原集・序》，頁 1。

行卓絕，其所立說，不得復有異同」，其義理立場仍是以程朱為宗；又受到一心維護、捍衛程朱之說的宋學派撻伐，如方東樹所說「考漢學諸人，但坐不能遜志又無識，不知有本，欲以掃滅義理，放言橫議，惑世誣民。」〔註23〕認為戴震等人批評程朱，即是「不知有本」，即是反對義理學。戴震的新義理觀在當時受到多方撻伐，然其後出現了許多知音，如焦循、淩廷堪等人進一步對其新義理觀有所繼承與深化，於是乾嘉進入義理學的革命時代，形成了所謂的「反動」，因此「清學所表現出來的『反動』，其眞正的時點是在考據學成熟以後。」〔註24〕清儒「由詞通道」地結合了考據學與義理學，轉向經驗面的強調，重視自然人性論的闡發，此為另一種價值趨向的轉變。從這些思潮不難想見清代乾嘉時期社會的動變，這亦是《李氏音鑑》與《鏡花緣》成書的時代氛圍。

由明入清，考據學在清初除了是用以辨僞的利器外，崇實黜虛的清儒對於理學末流流於「清談」，深感此乃明代亡國之禍首，試圖將學術拉回務實之風，以「經術，所以經世」為趨向，如顧炎武提出「讀九經自考文始，考文自知音始」的「考文知音」學術門徑，為了要正本清源，先從音韻訓詁入手，研究古音韻學多年，寫出《音學五書》。音韻學的眞正困難在於找出漢語中究竟有多少音素，含有哪些聲母和韻母，選用什麼漢字作為「字母」來標誌它，才能全面準確地標記漢語的語音系統。李汝珍的《音鑑》亦是如此的著作。在這樣的時代氛圍下，《李氏音鑑》的成書，不僅有作者個人的學養背景的影響，更有大時代環境的推波助瀾。

二、《李氏音鑑》的內容體例

《李氏音鑑》全書共六卷，卷首有余集、石文煃、李汝璜等人作序，〈凡例〉論全書的梗概，在凡例一對此六卷內容做了一個簡略的介紹：

> 斯集前後共成六卷，首卷釋字聲、音韻、五聲、五音之類；二卷釋字母、反切、陰陽、粗細之類；三卷釋初學之門；四卷釋南北方音；五卷釋空谷傳聲；六卷字母五聲圖。〔註25〕

六卷中約可分為兩大部分：從第一卷到第五卷為第一部分，為初學者方便起見，設為問答之語；第六卷為第二部份，為字母圖，共三十三圖。

〔註23〕方東樹：《漢學商兑》（台北：商務印書館，1978），頁164。
〔註24〕業師張麗珠：《清代新義理學》（台北：里仁書局，2003），頁15。
〔註25〕李汝珍：《李氏音鑑》，凡例，頁383～384。

在第一部分共三十三問，爲的是使讀者「反覆辨難，如叩鐘如攻木，響應而節解」，〔註26〕此三十三問的標目分別是：

卷一：第一問「字聲總論」、第二問「音聲總論」、第三問「五聲總論」、第四問「五音總論」、第五問「音韻總論」、第六問「字母音異論」、第七問「古今音異論」、第八問「平仄音異論」。

卷二：第九問「韻書總論」、第十問「字母總論」、第十一問「反切總論」、第十二問「母韻總論」、第十三問「切分粗細論」、第十四問「字母粗細論」、第十五問「平分陰陽論」、第十六問「仄無陰陽論」、第十七問「迴環切音論」、第十八問「顛倒切音論」、第十九問「母韻重切論」、第二十問「自切總論」、第二十一問「雙翻總論」、第二十二問「雙聲疊韻論」。

卷三：第二十三問「切音啓蒙論」、第二十四問「初學入門論」。

卷四：第二十五問「北音入聲論」、第二十六問「南北方音論」、第二十七問「古人方音論」、第二十八問「論著述本意」。

卷五：第二十九問「論空谷傳聲」、第三十問「擊鼓射字總論」、第三十一問「擊鼓三次論」、第三十二問「擊鼓五次論」、第三十三問「著字母總論」。

在問答之中闡釋作者的音韻觀念。李氏首先羅列各家對於文字音韻之說法，總述文字學之基礎概念。並分別舉例說明音與聲之別，對聲調、五音提出見解，對古今音之異、平仄音變做考究，闡述反切之意；進論反切因方音不同而分粗細，且將切字分粗細，將古之十四母分爲二十八母，每母所收之音，猶有音涉輕重之類；爲使初學者熟諳反切，遍舉物名、花名、鳥禽等，便於誦讀。李氏也大談南北方音問題，並在第二十八問中提到「以二十二字之綱領，註以千言，而並以空聲之類，悉註切音，不啻瞭若指掌。……，穎悟者一經過目，莫不洞明切字之旨矣。」〔註 27〕說明入門之綱領乃在重字母二十二字之訣，皆深具啓蒙誨意。

第二部份乃爲第六卷「字母五聲圖」，以三十三聲母爲經，二十二韻母爲緯，採每母一圖，共三十有三圖，每圖以字母爲名，直分五聲，橫分二十二列，每格之字乃字母與韻母相配成音者，異於歷來以攝爲綱之韻圖，乃爲獨

〔註26〕李汝珍：《李氏音鑑・余集序》，頁 380。

〔註27〕李汝珍：《李氏音鑑》，卷四，頁 451。

到之處。並將聲母三十三編爲「行香子」詞：

春滿堯天溪水清，漣嫩紅飄粉蝶驚，眠松巒空翠；鷗鳥盤翾，對酒陶然，便博箇醉中先。〔註28〕

李氏主要依據北音，其中有一些是由於介音的不同而分者。

總論此書最大特色乃在於由淺入深、由近及遠，使初學者獲得啓蒙，找到入手途徑並能進階學習；且能反映時音，保存了當時的語音實況，故《李氏音鑑》在考定清代語音嬗遞的跡象上，具有學術上的價值。

三、《李氏音鑑》對《鏡花緣》的影響

李汝珍在《鏡花緣》中將畢生精力所萃集的專長——「音韻學」融入小說的情節中，書中有數回即專以「音韻學」做爲題材加以鋪陳，而貫穿全書的各回中，亦偶有零星論及。其書之第八十二回至九十三回，凡以十二回之長篇巨帙來羅列雙聲、疊韻的酒令。述之如下：

在第十六、十七回中，李汝珍大談音韻學之入門概要，他藉紫衣女之口，道出辨音的重要：

讀書莫難於識字，識字莫難於辨音。音若不辨，則義不明。〔十六回〕

要讀書必先識字，要識字必先知音。若不先將其音辨明，一概似是而非，其義何能分別?可見字音一道，乃讀書人不可忽略的。〔十七回〕

其謂「要讀書必先識字，要識字必先知音。」即是對清初顧炎武論說之發揚，顧氏主張治小學以音爲主，講究「因聲求義」。李汝珍論音韻，喜引經據典，羅列各家說法，並將韻部分爲二十二部，故偏屬「考古派」的音韻學家；而要知音，要先從明反切、辨字母入手，故《鏡花緣》中，方有此「不知音，無以識字」之說。

第十七回中，他又提到「反切」的觀念：

婢子素又聞得：要知音，必先明反切；要明反切，必先辨字母。若不辨字母，無以知切；不知切，無以知音；不知音，無以識字。以此而論，切音一道，又是讀書人所不可少。〔註29〕

他藉紫衣女子之口，強調辨字母、明反切爲識字、讀書的根本工夫。在黑齒國中，紫衣女子與紅衣女子因向多九公等人詢問反切之學，一行人謙稱略知

〔註28〕李汝珍：《李氏音鑑》，卷六，頁471。

〔註29〕李汝珍：《鏡花緣》，頁99。

皮毛，不敢亂談，以免貽笑大方，於是被黑齒國女子笑爲「吳郡大老，倚閭滿盈」，多九公等人當下卻不明其義。事後才有這樣的領略：

> 多九公猛然醒悟道：「唐兄！我們被這女子罵了。按反切而論：『吳郡』是個『問』字；『大老』是個『道』字；『倚閭』是個『於』字；『滿盈』是個『盲』字；他因請教反切，我們都回不知，所以他說『豈非問道於盲』。」〔註30〕

「吳」列曉母，「郡」歸「問」韻，上下相切以成「問」字；「大」列端母，「老」歸「皓」韻，上下相切以成「道」字；「倚」列喻母，「閭」歸「魚」韻，上下相切以成「於」字；「滿」列明母，「盈」歸「清」韻，上下相切以成「盲」字。李汝珍以插科打諢的情節，將反切的基本方法及音學原理合攝於諷刺中，可見其匠心獨運，這就是不辨字母、不明反切的下場。音韻學如此重要，李汝珍卻接著感嘆「韻書缺乏初學善本」：

> 紫衣女子曰：「但昔人有言：每每學士大夫，論及反切，變瞪目無言，莫不視爲絕學。若據此說，大約其義失傳已久，所以自古以來，書雖多，並無初學善本。」〔註31〕

此段話正說明李汝珍撰寫《李氏音鑑》及在《鏡花緣》中大談音韻的原因。《李氏音鑑》共有六卷，其中第三卷的〈初學入門〉中運用問答，羅舉物名反覆解釋反切之義，方便學者記憶及誦讀，如：鳳凰爲房、鷓鴣爲珠……等，可見其啓蒙初學者之用心，亦冀望成爲啓蒙之善本。

在《鏡花緣》中爲了引起讀者在音韻學上的興趣，在海外之遊中，又安排了一「音韻發源地」——「歧舌國」，音韻學在該國乃是「不傳之秘」的國寶，精心設置了峰迴路轉的情節，爲的是一張如無字天書的「字母圖」。唐敖一行人費盡心機才得手，眾人研究著圖中的機關：

> 唐敖道：「但張眞中珠……十一字之下還有許多小字，不知是何機關？」蘭音道：「據女兒看來，下面那些小字，大約都是反切，即如『張鷗』二字，口中急急呼出，耳中細細聽去，是個『周』字；又如『珠汪』二字，急急呼出，是個『莊』字。下面各字，以『周、莊』二音而論，無非也是同母之字，想來自有用處。」……。多九公道：「老夫聞得近日有『空谷傳聲』之說，大約下段就是爲此而

〔註30〕同前註，頁116。
〔註31〕同前註，頁99。

> 設。……。」……。林之洋道:「俺拍『空谷傳聲』,内中有個典故,不知可是?」說罷,用手拍了十二拍;略停一停,又拍一拍;少停,又拍四拍。……。婉如道:「爹爹拍的大約是個『放』字。」……。婉如道:「先拍十二拍,按這單字順數是第十二行;又拍一拍,是第十二行第一字。」唐敖道:「既是十二行第一字,自然該是『方』字,爲何卻是『放』字?」婉如道:「雖是『方』字,内中含著『方、房、仿、放、佛』,陰、陽、上、去、入五聲,所以第三次又拍四拍,才歸到去聲『放』字。」〔註 32〕

李汝珍在《李氏音鑑》中第三十問有「擊鼓射字總論」,此乃「擊鼓射字」的實際演練,運用反切拼音的方法來玩遊戲,要熟讀字母譜及韻母次第,無形中對各家聲韻母的認識就加深了。故李汝珍強調初學者只要根據「字母圖」,〔註 33〕「把舌尖練熟」,自然熟能生巧,便「得了此中意味」了,〔註 34〕蓋「勤讀熟練」確實是跨入音韻學領域的不二法門。

《鏡花緣》第八十二回至九十三回,則以雙聲、疊韻的酒令遊戲爲主,具有寓教於樂的效果,並達成其炫才、耀學及引導讀者進入音韻學領域的創作目的。在音韻學上,也保留了乾、嘉時期的時音及海州的方音,提供了音韻學者珍貴的研究資料;故《鏡花緣》中的音韻學是不可輕忽的。

〔註 32〕李汝珍:《鏡花緣》,頁 205。

〔註 33〕詳見李汝珍:《鏡花緣》,頁 199～200。來此字母圖上列爲聲母,有昌、茫、秧、梯、羌、商、槍、良、囊、杭、批、方、低、姜、妙、桑、郎、康、倉、昂、娘、滂、香、當、將、湯、鄺、兵、幫、岡、臧、張、廂等共三十三個,以張眞中珠爲直欄,做爲韻母,上下交縱,據此反切。

〔註 34〕同前註,頁 199。

第三章　《鏡花緣》以禮學導正時風的意識結構及理想性

《鏡花緣》興起的背景因素，有人將其歸咎於民族意識，認為在滿清「高壓政治之下，文人不敢再談政治了，甚而不敢接觸到現實問題，只有談談女人與鬼怪，因而以女人與鬼怪為寫作材料的作品，應運而興。……，另一方面，滿人入關以後，江浙一帶，在學術上另成一種學風，以天下為己任的秀才教漸漸消沉，而轉向古經典的訓詁考釋上。這種風氣，實由民族意識而起。」〔註 1〕意謂李汝珍受此民族意識影響，而產生了大量描寫女性與鬼怪題材的《鏡花緣》；本章乃立足於當代的思想背景及作者的學思歷程來探討其創作動機，皆可見其十足的現實性及諷刺性意圖。

在傳統的觀念中，清代思想界，尤其是乾嘉時期的思想可謂乏善可陳。梁啓超在《清代學術概論》中即明確說到：「吾常言：『清代學派之運動，乃"研究法的運動"，非"主義的運動"』」。〔註 2〕然而通過歷史與邏輯統一的原則檢驗，對於儒學現代化的歷程而言，從儒學內化變革路徑觀之，「價值轉型」是具有其關鍵因素，誠如業師張麗珠所論，至少應肯定「強調『道德之形上面價值或經驗面價值』兩種不同類型的存在」，〔註 3〕這也交會織成了清代的「漢宋之爭」，引領「清代新義理學」的順勢而生。

從宏觀角度看，「道器觀」一直並存於傳統儒學中，宋明以來，義理學者皆著眼於形上之價值，義理重心自然落在先驗的道德判斷上；明中葉以後，中國

〔註 1〕李辰冬：〈鏡花緣的價值〉，《李辰冬古典小說研究論集》（北京：中華書局，2006），頁 331～332。

〔註 2〕梁啓超：《清代學術概論》（上海：上海古籍出版社，1998），頁 43。

〔註 3〕詳見業師張麗珠：《清代的義理學轉型》，頁 106。

的社會經濟加快商業化的進步，並由此造就出一股具有自身文化價值觀的社會力量——市民階層，這股力量要求平等、講究好貨好色的文化，集結成新的市民文化勢力。在哲學及美學領域中，各路先驅搖旗吶喊，掀起一片抨擊禮教、張揚人性，背棄「天理」、擁抱「人欲」的個性解放思潮。以「無私，則無心」〔註 4〕爲核心的李贄哲學就是這股思潮最集中、最突出、最典型的代表，李贄倡導「童心說」，旨在擺脫「六經論孟」及「程朱理學」對人心的束縛和戕害，認爲「童心」既是「私心」，也是「眞心」，文學創作必須保有「童心」，才能超越既定成見及傳統禮教，寫出「眞文」。再者，繼承十六、七世紀日漸興盛的「氣本論」，加速重新建構以「器」爲要的新義理學之醞釀，強調經驗面的價值，「因此儒學兼具形上超驗、形下經驗兩種價值的『道、器圓滿』，至此才有全幅開發」。〔註 5〕而清儒所致力發揚的經驗價值，是中國邁向現代化進程所必須的「價值轉型」，也是儒學得以完成早期現代化的內在依據。

《鏡花緣》成書於鴉片戰爭前夕，劉大杰先生認爲：「李汝珍的時代，正是清朝漢學全盛時期，故《鏡花緣》一書，深受此時期學術思想的影響。在其小說中，大賣弄其經學考據及小學的成績。」〔註 6〕甚至有人進一步評論此書「皆作書者藉以炫博之辭，無一非空中樓閣。」〔註 7〕這些說法乍看有些道理，但所論卻只是一些皮相。「清代新義理學」以「乾嘉新義理學」爲主軸，而「乾嘉新義理學」是透過尊經崇漢、徵實博考的考據方法，強調形下氣化的世界及經驗界的價值；由此觀之，李汝珍在《鏡花緣》一書，得到的評價定位，不該只是炫耀奇才異學、賣弄經學考據及小學的成績而已，還有對當代思想新動向的呼應：包括對經驗世界的重視及刻畫，對人欲的肯定及正視，對禮治思想的承續及宣化等等，都可見在賣弄才學的五光十色流蘇簾幔下隱隱端坐著一個關注於社會現實脈動的智者。

第一節　《鏡花緣》所突出的「才學小說」特色

近代學者魯迅將《鏡花緣》納入「清之小說見才學者」之列，〔註 8〕並進

〔註 4〕 李贄：《藏書・德業儒臣後論》（台灣：學生書局，1974），卷 32，頁 544。
〔註 5〕 業師張麗珠：《清代的義理學轉型》，頁 108。
〔註 6〕 劉大杰：《中國文學發展史》（台北：華正書局，1994），頁 1296。
〔註 7〕 錢靜方：《小說叢考》（台北：長安出版社，1979），頁 53。
〔註 8〕 魯迅：《中國小說史略》（台北：風雲時代出版有限公司，1989），頁 301。

一步將其定義爲：「以小說爲庋學問文章之具，與寓懲勸同義而異用者」，〔註9〕逞才炫學是才學小說最顯著的特徵，而這樣的表現手法也是當代風氣的反映，如張蕊青先生所言，「這一特徵是清代中葉漢學鼎盛、學術文化集大成的趨勢和社會風尚轉向以典雅、宏博爲美的時代風氣在小說中的反映」，〔註10〕然而這樣的時代氛圍和風尚只是才學小說產生的外緣因素，作者創作的內在動力乃是「寄託憤慨、展抒才能」，「揚才言志」本是才學小說創作的心理動力，「李汝珍以其敏銳的觀察力，豐富的學識，利用寓言的方式，通過唐敖多九公林之洋，跋涉異域，第一次出洋時，所見的奇風異俗，影射人生百態，針對社會陋俗，人性弱點，加以諷刺，並提出有效的改革與主張」，〔註11〕因此，《鏡花緣》除了是作者抒憤寄慨之外，還有言志逞才、表達理想的目的。

才學小說作者心中的「憤」與「慨」，往往來自於己身的懷才不遇，細究李汝珍的一生可以觀之，孫吉昌在《題鏡花緣詩》中寫道：

> 而乃不得意，形骸將就衰。耕天負郭田，老大仍飢驅。可憐十餘載，筆硯空相隨。頻年甘兀兀，終日唯孳孳。心血幾用盡，此身忘困疲。聊以耗壯心，休言作者痴。窮愁始著書，其志良足悲。〔註12〕

其滿腹才學卻懷才莫展，一生坎坷，於是藉著小說來顯示自己不同凡響的學問道德和經世緯事之才，將學術、考據引入小說之中，《鏡花緣》中有關音訓考據、論學談經的內容比比皆是，有不少情節還涉及到行醫治病的醫方開處、算學及光學知識，魯迅也說《鏡花緣》「蓋以爲學術之匯流，文藝之列肆，然亦與《萬寶全書》爲鄰比矣。」〔註13〕這樣淵博的學問與對世道人心的深邃洞察、社會現實的醜相結合起來，或尖銳地批評，或溫和地諷刺，皆涉筆成趣、意味深長。

一、「才學小說」對「通經致用」理想的呼應

李汝珍將寫作視爲娛己兼娛友的工作，不同於一般職業小說家以賣文爲

〔註9〕同前註，頁301。
〔註10〕張蕊青：〈才學小說炫學方式及其文化根源〉（蘇州大學學報，2002年10月第4期），頁68。
〔註11〕蘇淑芬：〈李汝珍用寓言表示諷刺的創作精神〉，《中國古典小說研究專輯》（台北：聯經出版有限公司，1982），第五集，頁244。
〔註12〕李汝珍：《鏡花緣》，頁2。
〔註13〕魯迅：《中國小說史略》，頁313。

生，要取悅於廣大讀者群，故夏志清先生評曰：「『鏡花緣』的作者，在文人小說家的行列中，顯然是個收梢頂尖人物」，文人小說家創作的主要目的乃在自娛，在技巧上自然更加鑽研，創作態度也更加直率，所以「文人小說家和職業小說家很不相同，他們更能以社會的批評者自任」，〔註14〕在包羅萬象的文采故事中，表達其諷世思想，甚至道德觀念。

儒家傳統政治哲學的核心主張——「內聖外王」，即強調人們要通過內心的修養來達到外王的目的；而以「經世致用」作爲儒家思想的傳統命題，則是「內聖外王」的最直接體現。然不同的時代精神，所呈現的「經世」思潮亦有所不同，誠如現代學者高翔所言：「有清一代之時代精神，粗略地講，可以分爲三個階段。17 世紀是經世，18 世紀是求實，19 世紀是變革。」〔註15〕17 世紀清兵入關的烽火，帶來國破家亡的時代動盪，促使知識界從晚明清談、虛浮的學風中走出來，致力於思考和解決現實問題，故「清初的經世，無論是激進思想家還是正統官僚文人，都以建設一個理想社會爲目標。」〔註16〕此乃清初經世致用思潮的重要內容，清初許多儒者將求實、經世的學風表現在讀史通經及注重社會觀察上，透過通曉經術以達到實用的目的，即強調將經學研究與當時社會迫切問題做一聯繫，從經學研究過程中找到解決重大問題的方案。如明末黃宗羲認爲古代聖賢著書立說皆爲經世濟民，其曰：「古者儒墨諸家，其所著書，大者以治天下，小者以爲民用，蓋未有空言無事實者也。」〔註17〕故大力提倡「經天緯地之儒學」，主張將「窮經」與「自求於心」結合起來，要求廢除科舉，大興曆算、水利等「絕學」。清初顧炎武亦曾言：「君子之爲學也，非利己而已也，有明道淑人之心，有撥亂反正之事，知天下之勢之何以流極而至於此，則思起而有以救之。」〔註18〕其《天下郡國利病書》、《日知錄》即是留心於明道救世的思想結晶；顏元亦謂：「救弊之道，在實學，不在空言。」且「實學不明，言雖精，書雖繁，於世何功，於道何補。」〔註19〕主張博學於「兵、農、錢、穀、

〔註14〕以上二句引自夏志清：〈文人小說家和中國文化——『鏡花緣』研究〉，《中國古典小說論集》（幼獅月刊，1975），40 卷，第 3 期，頁 229～230。

〔註15〕高翔：《近代的初曙：18 世紀中國觀念變遷與社會發展》（北京：社會科學文獻出版社，2000），頁 543。

〔註16〕同前註，頁 548。

〔註17〕黃宗羲：《叢書集成初編・今水經序》（北京：中華書局，1985），頁 1。

〔註18〕顧炎武：《亭林詩文集・亭林餘集・與潘次耕札》（台灣：中華書局，1982），頁 23。

〔註19〕顏元：《顏元集・存學編》（北京：中華書局，1987），卷三，頁 75。

水、火、工、虞、天文、地理」，〔註20〕且「日習六藝，以圖經世致用」，以「救世」爲治學原則，探尋救國治民的良方。因此揭露社會敗弊，批判理學末流的空言誤國之弊，尋找救國救民之良策，成爲經世致用思想的內催力量，結合求證考據的手段，於是轉向在經典中求出路的學術路線。

李汝珍在《鏡花緣》中，也受到清初「通經致用」思潮的影響，一方面「數典談經」，達到「由詞通道」的目的，一方面又「於社會制度，亦有不平，每設事端，以寓理想」，〔註21〕以建設一個理想社會爲藍圖，對當世社會的種種弊端給予了尖銳的諷刺和批評。

（一）「數典談經」的文人之筆

相對於經國濟世的「大道」，中國小說自古以來是街談巷語、道聽塗說的通俗文類，是進不了廟堂的「小道」，但卻是文人學士以及市井小民的日常談助、娛樂消閒的載體。通俗小說以「書面」形式呈現，因此必以識字階層的市井大眾爲主要讀者群，至於不識之無、在社會中屬於最底層者，必須靠傳統的說書或戲劇等非文字的媒介來參與文學，於是章回小說在形成的初期，即與民間的說唱藝術密切相關，在內容上，亦多由歷史故事和民間傳說雜揉而成，在敘事技巧上，乃與說唱藝術緊密聯繫；然明代中葉以後，隨著資本主義的萌芽和商業經濟的迅速發展，作爲市民文化的小說便日益繁榮起來，再者，當時政局日益混亂，晚明人欲思潮的解放，使許多士人對政治產生厭倦情緒而轉向追求自我解脫和自我享樂，又加上高度發達的印刷業，皆爲小說提供了繁榮的條件。文人開始參與通俗小說的編寫和批評，通俗小說的地位迅速提高，形成明末清初通俗小說創作的高潮；直到清代初中葉，文人的獨立創作已成爲章回小說的主流，尤其是乾隆時期，《紅樓夢》、《儒林外史》的奇峰突起，豎立了典範，文人將通俗小說視爲可傳之不朽的事業，以嚴肅的態度進行創作，再加上「大批無望於仕途的文人紛紛加入章回小說的創作，動盪的時代風雲，激起他們的憂患意識和社會責任感，章回小說以通俗文學的形式負載著這一時期文人的人生追求與精神探索」，〔註 22〕因此在明清之際，可謂是章回小說由「俗」向「雅」趨變的轉折期。

〔註20〕顏元：《顏元集・四書正誤》，卷三，頁190。

〔註21〕魯迅：《中國小說史略》，頁311。

〔註22〕莎日娜：《明清之際章回小說研究》（北京：北京師範大學出版社，2004），頁124。

夏曾佑曾言:「中國人之思想嗜好，本爲二派：一則學士大夫，一則婦女與粗人。故中國之小說，亦分二派：一以應學士大夫之用;一以應婦女粗人之用。體裁各異，而原理則同。」〔註 23〕夏氏的論斷實際上已把小說劃分爲文人小說和平民小說兩大派別，並指出了兩派在接受層面上存在著的不同。在清代嘉道時期，章回小說也呈現上述兩極化的發展，「一路是承繼了文人小說的嫡傳，把小說作爲抒情言志的載體，……，另一路卻接續了宋元話本的正脈，把小說作爲娛心勸誡的工具，這樣就構成了文人小說與平民小說並駕齊驅、平分秋色的創作格局。」〔註 24〕然而伴隨著小說文人化的進程，文人小說書卷化、才學化的氣息越來越濃，在語言上也朝著高雅化的方向邁進，形成雅俗兼容的語體，而造就了雅俗兼蓄的文人小說。

在《中國小說史略》中，魯迅將《鏡花緣》歸諸於「清之以小說見才學者」一類，清代中葉出現了炫學逞才的風潮，或將學術和考據引入小說之中，或極力研究作品的語言之美、形式之美，努力使小說從通俗中走向典雅化的作品，如《野叟曝言》、《燕山外史》即是，其中以《鏡花緣》最具代表，李汝珍其循著「數典談經」的原則來寫小說，對海外風土人情、奇珍異獸的描寫，大都以《山海經》、《博物志》等古籍爲依據來加以改編或做擴展，而談論經史之學、音訓考據之處亦比比皆是，使小說創作向學術研究的方向轉移，故「才學小說」的出現除了是時代氛圍的影響外，更重要的成爲不得志的文人寄託憤慨、展舒才能抱負的舞台。

1、「窮源索隱」的考據之筆

清中葉的小說受乾嘉學派重考據之風影響，《鏡花緣》被歸爲「炫學小說」，乃是「與史學視野制約下之貴『實』賤『虛』的小說價值取向相應，清中葉的小說觀念還強調『資考證』的小說功能論」之例，〔註 25〕乾嘉時期重學的風潮於此書中處處可察見，也造就了《鏡花緣》的「學者化」，出現「以學問爲小說」的局面。

清初考據學的興盛乃以朱王之爭爲關鍵切入點，理學內部的義理之爭，

〔註 23〕陳平原、夏曉虹編：《二十世紀中國小說理論資料》（北京：北京大學出版社，1988），頁 77～78。

〔註 24〕劉富偉：〈文人小說和平民小說的分野與兼容〉，《學術月刊》2006 年第 38 卷，頁 115。

〔註 25〕王冉冉：〈從“文”到“學”——清中葉傳統小說觀念的回歸與歧變〉，《明清小說研究》2005 年第 1 期，頁 27～28。

必須以取證於經書的方法解決，最終要落實到對儒家經典的認識和理解上，故須借助訓詁、考據等手段，因此也興起了清代的「實學」風潮。現代學者高翔提出清代所謂的「實學」，主要有兩層含義：「一是針對明代空疏浮躁學風，主張以嚴謹、實證之學術以糾正之；二是有鑒於晚明空談誤國，主張以經世致用之學以糾正之。」〔註 26〕然而這樣的「實學」風潮，其實是兩種不同的層面，誠如現代學者張麗珠所言「理學被取代『學術典範』地位以及義理學內部的『思想典範』轉移，實是二事，應該區別看待。」〔註 27〕其在《中國哲學史三十講》中論道：「理學被考據學取代『學術典範』地位，是在理學奉爲圭臬的經典如《易》圖、《大學》、《古文尚書》等都紛紛被證立其僞，理學因此失去經典的權威性而被撼動根基，形成學術危機，嗣後，儒者對於辨僞、校正、補注、訓詁、音韻的經典考據興趣，遂凌駕而超越對於講論道德的義理追求。而義理學領域的『思想典範』轉移，則必須從哲學思想的發展角度來看儒者的理學信仰危機，也即對理學形上取向的理論型態及義理質疑。」〔註 28〕因此清初的考據學興起乃緣於辨僞的面目，講求證之於經書典籍的方法，如此「學術典範」轉移的風潮也影響著李汝珍，在《鏡花緣》中處處可見其「窮源索隱」的考據之筆。

《鏡花緣》對於音韻的考據著墨甚多，已如前論，不再贅述。書中對於經籍的補注、訓詁篇幅亦不少，其所論及的經書包含《論語》、《孟子》、《毛詩》、《周易》、《春秋》、《三禮》等等，皆以儒家經典爲主，除考據《三禮》留待下一節討論外，其餘列敘如下：

(1)《論語》考證——

在〈十七〉回中，針對《論語》的版本問題及文字提出校訂。紫衣女子首先對「顏路請子之車，以爲之椁」一句提出質疑，一般常解認爲「言顏淵死，顏路因家貧不能置椁，要求孔子把車賣了，以便買椁」，但紫衣女子雖謙稱自己考據未精詳，卻有其一番邏輯推論，認爲「若說因貧不能買椁，自應求夫子資助，爲何指名定要求賣孔子之車？」此乃不合人情之處，故提出「以爲之椁」此「爲」並無買賣字義的反思，認爲是「倒像以車之木要製爲椁之意」。

再者，多九公以《論語》中「未若貧而樂，富而好禮」之句，提出「以

〔註 26〕高翔：《近代的初曙：18 世紀中國觀念變遷與社會發展》，頁 370。
〔註 27〕業師張麗珠：《中國哲學史三十講》，頁 466。
〔註 28〕以上所引參自同前註，頁 548。

近來人情而論，莫不樂富惡貧，而聖人言『貧而樂』，難道貧有甚麼好處麼？」之質疑。紫衣女子回答：

按：《論語》自遭秦火，到了漢時，或孔壁所得，或口授相傳，遂有三本：一名《古論》，二名《齊論》，三名《魯論》。今世所傳，就是《魯論》，向有今本、古本之別。以皇侃古本《論語義疏》而論，其「貧而樂」一句，「樂」字下有一「道」字。蓋「未若貧而樂道」，與下句「富而好禮」相對。即如「古者言之不出」，古本「出」字上有一「妄」字。……此由秦火後闕遺之誤。請看古本，自知其詳。〔註29〕

李汝珍在此有意炫其才學，並糾正世俗之見解誤說，認爲今日通行之《魯論》，宜與其他二本互校，才能精確。

（2）評《孟子》——

孟子在先秦儒家中是最富批判精神及民主意識的思想家，其主張民貴君輕、暴君可誅，在專制統治的封建體制裏無異成爲攻擊的對象，然李汝珍對孟子卻甚爲推崇，在《鏡花緣》中提得最多的即是《孟子》一書，屢屢以《孟子》書中文句爲謎猜，如「萬國咸寧」、「比肩民」、「遊方僧」等等謎面，打的分別是《孟子》的「天下之民舉安」、「不能以自行」、「所過者化」等句，達到寓教於樂的功效。在高掛「學海文林」玉匾的白民國學塾裡，傳來的朗朗書聲，「切吾切，以反人之切」、「羊者，良也；交者，孝也；予者，身也。」正當唐敖一行人聽得滿頭霧水時，才猛然發現《孟子》爲該國書生必讀之書，然先生卻只認了半邊，將「幼吾幼，以及人之幼」、「庠者，養也；校者，教也；序者，射也」誤讀，無疑是對於假道學者最大的諷刺。

再者，在〈十八〉回中，唐敖對孟子作了全面評價：

即如孟子誅一夫及視君如寇讎之說，後人雖多評論，但以其書體要而論，昔人有云：「總群聖之道者，莫大乎六經；紹六經之教者，莫尚乎孟子。」當日孔子既沒，儒分爲八。其他縱橫捭闔，波譎雲詭，惟孟子挺命世之才，距楊墨放淫辭，明王政之易行，以救時弊；闡性善之本量，以斷群疑；致孔子之教獨尊千古。是有功聖門，莫如孟子，學者豈可訾議？況孟子聞誅一夫之言，亦因當時之君，惟知戰鬥，不務修德，故以此語警戒。至寇讎之言，亦是勸勉宣王待臣，

〔註29〕李汝珍：《鏡花緣》，頁103～104。

宜加恩禮。都爲要救時弊起見。時當戰國，邪説橫行，不知仁義爲何物，若單講道字，徒費唇舌，必須喻之利害，方能動聽，故不覺言之過當。讀者不以文害辭，不以害志，自得其義。總而言之，尊崇孔子之教，實出孟子之力。〔註30〕

稱孟子是「命世之才」，且「有功聖門，莫如孟子」，一方面是對於孟子爲儒學之承續發揚所做的努力，給予肯定，另一方面也透露出對封建君主專制的批判。

（3）論《毛詩》——

在〈十七〉回中，多九公針對《毛詩・邶風》〈擊鼓〉一詩提出談論，其原詩爲下：

擊鼓其鏜，踴躍用兵。土國城漕，我獨南行。從孫子仲，平陳與宋。不我以歸，憂心以忡。爰居爰處，爰喪其馬。于以求之？于林之下。死生契闊，與之成說。執子之手，與子偕老。于嗟闊兮！不我活兮！于嗟洵兮！不我信兮！〔註31〕

多九公首先針對「爰居爰處，爰喪其馬。于以求之？于林之下」此四句的押韻問題提問，認爲「處與馬下二字，豈非聲音不同，另有假借麼？」紫衣女子答以各音古今不同，且「晉去古已遠，非漢可比，音隨世轉，即其可見。」再者，又針對此四句之句旨來加以註解，紫衣女子道：「上文言『從孫子仲平陳與宋，不我以歸，憂心有忡』；軍士因不得歸，所以心中憂鬱。至於「爰居爰處」四句，細釋經文，倒像承著上文「不歸」之意，復又述他憂鬱不寧，精神恍惚之狀，意謂偶於居處之地，忽然喪失其馬，以爲其馬必定不見了，於是各處找求，誰知仍在樹林之下。這是「軍士憂鬱不寧，精神恍惚，所以那馬明明近在咫尺，卻誤爲喪失不見，就如心不在焉，視而不見之意。」此解不同於《毛傳》、《鄭箋》，然詩義並無不通之處，可備一說。

（4）論《周易》——

在〈十八〉回中，多九公與紫衣女子及紅衣女子論《周易》，提到從漢至隋約有百餘家註解，認爲以王弼注爲最好：

多九公道：「當日仲尼既作〈十翼〉，《易》道大明。自商瞿受《易》

〔註30〕李汝珍：《鏡花緣》，頁112。

〔註31〕毛公傳、孔穎達正義：《十三經注疏・毛詩正義・邶風・擊鼓》（台北：新文豐出版公司，2001），卷二，頁224。

> 於孔子，嗣後傳授不絕。據老夫愚見：兩漢解《易》各家，多溺於象占之學；到了魏時，王弼註釋《周易》，撇了象占舊解，獨出心裁，暢言義理，於是天下後世，凡言《易》者，莫不宗之，諸書皆廢。以此看來，由漢至隋，當以王弼爲最。」〔註32〕

魏晉時，王弼、韓康伯以老莊玄理注《周易》，孔穎達據之作疏，遂獨盛於世。然清代研究易學者，以惠棟、焦循、張惠言最著，皆以東漢鄭玄爲宗，故紫衣女子反駁曰：「晉時韓康伯見王弼之書盛行，因缺〈繫辭〉之註，於是本王弼之義，註〈繫辭〉二卷，因而後人遂有王韓之稱。其書既欠精詳，而又妄改古字。如以嚮爲鄉，以驅爲敺之類，不能枚舉。所以昔日人云：若使當年傳漢《易》，王韓俗字久無存。」此觀點乃與清代乾嘉漢學家所宗者不謀而合。

（5）論《春秋》——

在〈五十二〉回中，亭亭以「《春秋》一書，聞得前人議論，都說孔子每於日月、名稱、爵號之類，暗寓褒貶，不知此話可確？」提出疑問，若花答以「《春秋》褒貶之義，……其義似乎有三：第一，明分義；其次，正名實；第三，著機微。」並且一一舉《春秋》書例以證此三義，並指出《春秋》有「達例」、「特筆」之分，此乃李氏創見；而內容中的日月、名稱、爵號未必皆有暗寓褒貶之看法，所得總論即是：「聖人光明正大，不過直書其事，善的惡的，莫不瞭然自見。至於救世之心，卻是此書大旨。」即作者藉若花之口，指出孔子作《春秋》寓乎其中最重要的目的，在於「直書其事」，以使「善的惡的」，彰明於世，所謂「寓褒貶」，只不過是針對某些特定事例而發，此觀點同於司馬遷：

> 撥亂世反之正，莫近於《春秋》。《春秋》文成數萬，其指數千。萬物之散聚，皆在《春秋》。《春秋》之中，弒君三十六，亡國五十二，諸侯奔走不得保其社稷者，不可勝數。察其所以，皆失其本已。故易曰：「失之毫釐，差以千里。」故曰：「臣弒君，子弒父非一旦一夕之故也其漸久矣。」故有國者，不可以不知《春秋》，前有讒而弗見，後有賊而不知；爲人臣者，不可以不知《春秋》，守經事而不知其宜，遭變事而不知其權，爲人君父而不通於《春秋》之義者，必蒙首惡之名；爲人臣子而不通於《春秋》之義者，必陷篡弒之誅，死罪之名。其實皆以爲善爲之，不知其義，被之空言而不敢辭，夫

〔註32〕李汝珍：《鏡花緣》，頁108。

> 不通禮義之旨，至於君不君，臣不臣，父不父，子不子。夫君不君則犯，臣不臣則誅，父不父則無道，子不子則不孝。此四行者，天下之大過也。以天下之大過予之，則受而弗敢辭。故《春秋》者，禮義之大宗也。〔註 33〕

身在禮樂崩析之春秋亂世，孔子「於所見微其辭，於所聞痛其禍，於所傳聞殺其恩」，其作《春秋》之旨意不重在寓褒貶，乃貴在明是非、別善惡，夫子所以始抑諸侯以尊王室，如孟子所云：「孔子作《春秋》而亂臣賊子懼」，李汝珍將《春秋》視為經世之典，並認為該「必知孰為達例，孰為特筆」，才能得其大義；在弊象叢生的當代，更有其戒惕之意。

2、才學與實學的匯流

明清之際傳統價值觀向現代的蛻變過程，表現在多方面上，就「學術風氣」及「藝術審美價值觀」的變化而言，皆受到重視功利價值、重視實踐的「實學」風潮影響，誠如現代學者吳根友所言：「重視『抒情』之文與『經世』之文的價值取向，是貫穿明清三百年的兩大文藝思潮，有力地衝擊並掃蕩了『載道』之文和復古文風，以及與復古相關的文藝創作方面的門戶之見。」〔註 34〕因此「經世致用」的觀點在一定程度上補救了晚明文藝過分追求個人性靈的缺點。

李汝珍的《鏡花緣》即是表現或道情、或經世的文學藝術的創作，其「既是炫耀自身的『才』、『學』、『識』、『藝』為主，兼行『教導民眾』、『勸化世俗』之社會作用」，〔註 35〕不僅是炫耀個人才學之作，而且摹寫世情反映現實生活，企圖以小說創作關注社會現實。李汝珍自云其創作《鏡花緣》，乃是「以遊戲為事，暗寓勸善之意，不外風人之旨」，〔註 36〕可見其本身蘊含的絢麗文才。《鏡花緣》在結構上大致可分為兩大部分：（1）前五十回主要以林之洋、唐敖等的海外遊歷為中心內容，小說的精華幾乎主要集中在這一部分。然而不管是徐敬業討武后事或海外奇人異事，皆有所本，如：上身宛若婦人的「人魚」，即見於《異物記》；食之不餓的「清腸稻」，見於《拾遺記》；偷摸吃物，背人而食的「無腸國」，乃脫胎於《山海經》，不僅言必有據，且是作者博學

〔註 33〕瀧川龜太郎：《史記會注考證・太史公自序》（台北：萬卷樓圖書公司，1993），頁 1370～1371。

〔註 34〕吳根友：《中國現代價值觀的初生歷程》（湖北：武漢大學出版社，2007），頁 70。

〔註 35〕王瓊玲：《清代四大才學小說》（台北：台灣商務印書館，1997），頁 389。

〔註 36〕李汝珍：《鏡花緣》，頁 147。

廣聞、鎔鑄大量文獻資料的成果。一方面展現了作者博通群書的「學」，一方面也見識到作者筆觸之瑰奇、想像之豐富的「才」，還有對中國傳統文化中之陋相所做的批判而流露的「識」。（2）後五十回小說轉入對唐小山等一百名才女赴試以及聚會的描寫，作者主觀上乃是爲了展示這群女子的才華，爲了介紹她們具有書畫琴棋、醫卜韻算，以及酒令、燈謎、雙陸、馬弔、投壺等各種百戲知識就用了長達二十七回的篇幅，也展現了作者的「藝」，故從整部書的結構，可看出作者匯集一身的「學」、「才」、「識」、「藝」。

明清實學以「經世致用」爲價值核心，在批判理學末流「束書不觀，游談無根」的基礎上，大力提倡實事求是之學。嘉慶、道光年間，注重經世致用的學者，乃以挽救清朝日益嚴重的社會危機爲迫切目標，針對吏治腐敗、貧富不均等弊端，提出了改革現實的措施，如龔自珍主張耕者有其田、開發邊疆，包世臣主張廢八股、汰冗員、開言路等，皆是因應當時社會敗象所提出的救弊良方，這樣的思潮也影響了李汝珍，表現在作品中，形成了《鏡花緣》的寫實及批判性，可正面的批判世俗陋習，亦可側面的諷刺人性種種弱點，此部分在本章下節中有詳論，於此不再贅述。《鏡花緣》中，作者用大量筆墨來描寫百名女子在各方面的才華：文學、醫學、經學、武術、藝術、游藝……等等，乃是一個個集才學及實學於一身的剪影。在標榜「教育人才」的淑士國，強調「書能改變氣質，遵著聖賢之教，那爲非作歹的究竟少了」，所重者亦是實用之學，故該國「考試之例，各有不同：或以通經，或以明史，或以詞賦，或以詩文，或以策論，或以書啓，或以樂律，或以音韻，或以刑法，或以曆算，或以書畫，或以醫卜。只要精通其一，皆可取得一頂頭巾，一領青衫。」如此的考試制度即是對清代實學風潮的呼應，表現一介文士在不得志的現實中，仍然企圖對科舉制度諫言，淑士國多元取士的科舉制度，成爲多才多藝、學富五車卻屢屢無法在科舉中出頭的李汝珍內心所嚮往者。

除此之外，在整部書的字裡行間，仍處處可見作者重視實事求是、辯證分析的科技研究，包括醫方藥劑、數學、物理學、水利之學等等，尤以醫方藥學最多，內含外科、內科及婦科醫方，達十多種，乃主要從李時珍《本草綱目》中轉述得來，其目的除了炫耀博學外，也是藉機廣傳良劑，達到實用之效。而數學、物理學，亦以日常生活常用之算數及知識爲主；至於水利之學，乃源於嘉慶六年任江南縣丞，曾參與治理黃河水患工程之經驗，在第三十五回中，寫女兒國遭受洪澇之災，唐敖依憑著自己掌握的水利知識，提出自己的治水方案：「我想河水氾濫爲害，大約總是河路壅塞，我先給他處處挑挖極深，再把口面開寬，來源去路也都替他各處疏通」，〔註37〕首先提出治河原則就是「疏濬」，再將船上帶來的生鐵打造成開河工具，親自指揮工人築壩取土，日以繼夜辛勤治水，終於治好女兒國的水患，顯然與李汝珍在現實生活中所累積的豐富治河經驗密不可分，上述種種皆可看出李汝珍的經世致用的實學思想。

（二）設置勤王線索——體現通經致用的理想

《鏡花緣》中的兩條主線，一爲女試，一爲唐敖遊歷，但貫穿此兩條主線的線索卻是：勤王的故事。公元 684 年，徐敬業於揚州發動兵變，討伐武則天，武太后旋即急調 30 萬大軍，在不到 50 天內平定徐敬業之亂。此書以唐代此一史實爲發端：天星心月狐受天命下凡爲武則天，篡唐建周，導致三項結果：（1）是徐敬業、駱賓王發起的勤王戰爭及其失敗，以及他們的兒子徐承志、駱承志等繼承先人遺志，繼續勤王，直到成功。（2）是唐敖因與徐敬業等人爲結拜兄弟，導致科舉蹭蹬，而後遊歷海外終至出家。（3）是武則天在冬季令百花齊放，導致百名花仙被謫爲百名才女。之所以如此，是因武則天將天上的傾軋帶到人間，利用皇權陷害百花仙子，又因她喜愛《璇璣圖》而舉辦才女考試，導致百名才女赴試。武則天因而成爲聯結三條線索的樞紐。

在《鏡花緣》中武則天是個無道之主。從眾仙女爲西王母祝壽，嫦娥提議請百花仙子命令百花齊放，以助酒興一事可見。百花仙子認爲除非是無道之主，才下這道無道之令。果然，幾百年後，下界武則天當了皇帝後，下了這道無道之令。並視武則天爲篡君，篡奪李唐天下建立「僞周」（第四十七回），所以有徐敬業、駱賓王等人起而討伐，因寡不敵眾，終於失敗；然他們不約而同各將其子以「承志」爲名，故所謂「承志」者，就是承他們的志念完成討伐武則天的事業。

而小說中的主角——唐敖，曾在長安與徐敬業、駱賓王、魏思溫、薛仲璋等人結拜異姓兄弟，因而「雖連捷中了探花」卻「仍舊降爲秀才」，其心中的憤慨不在於功名情結，而是恢復唐室的事業無成，他對老者言：

> 小子初意，原想努力上進，恢復唐室，以解生靈塗炭，立功於朝。無如甫得登第，忽有意外之災。境遇如此，莫可若何！〔註38〕

〔註37〕李汝珍：《鏡花緣》，頁 233。

〔註38〕李汝珍：《鏡花緣》，頁 34。

在與駱賓王之父駱龍見面時，又說：

小侄初意原想努力上進，約會幾家忠良，共爲勤王之計，以復唐業。

由此可見其致力以恢復唐室爲業之心志。甚至後來在唐敖棄絕紅塵時，將其女之名改爲「閨臣」，以示不忘唐朝之意：

父親命我改名閨臣，方可應試，不知又是何意！若花道：「據我看來，其中大有深意。按唐閨臣三字而論，大約姑夫因太后久已改唐爲周，其意以爲將來阿妹赴試，雖在僞周中了才女，其實乃唐朝閨中之臣，以明不忘本之意。」

《鏡花緣》中再三提到「僞周」、「唐閨臣」、「恢復唐室」，貫注著儒家文化的最高原則《春秋大義》——忠義原則，可見六經是作者創作時信守的義理源泉和價值判斷的根據，故設置勤王線索以體現作者通經致用的理想，在海外遊歷中，以滾雪球的方式將流亡海外的勤王志士與才女聯繫起來，爲勤王與女試做準備；一方面在海外對所見的鄙習陋俗做了批評，也融注著通經致用的理想，不管是好讓不爭的君子國，抑是人心不古的豕喙國，或讚揚，或貶抑，都表達了其對通經致用理想性的嚮往。

二、《鏡花緣》所凸顯的禮學色彩

倚仗政治力量而高據廟堂達數百年的宋明理學，到了乾嘉時期，因其末流虛談無根、壓抑人性，而不斷受到一些進步思想家的批判，尤以乾嘉學派皖派宗師戴震爲代表，其極力痛斥理學的「去人欲，存天理」的主張，指出「以理殺人」的事實，而提出了「理存於欲」的命題，在肯定人欲的基礎上，讓人性、人欲、人情得以舒張，在「通情遂欲」中實現人性之善。李汝珍深受此思想之浸染，在《鏡花緣》中不諱言利，不諱言情，將「義利合趨」、「尊情尚智」的新思維灌注於內，將道德實踐的要求落在重問學、貴擴充上，乃以強調「終善」爲目的，亦是對當代重視經驗、現實的一種呼應。再者，由於師承「一代禮宗」——淩廷堪，在書中亦承續淩氏「以禮代理」的思想，可見其「以禮經世」的理想。

（一）呼應「通情遂欲」新理欲觀

李汝珍受到業師淩廷堪的影響頗深，故對於乾嘉義理之學有所涉獵。《鏡花緣》在總體上是反對封建、反對理學的，這樣的思想傾向主要表現在三個方面：「(1) 批判封建末世的種種社會弊端，(2) 要求男女平等婦女解放，(3) 對人的正當欲望的認可和弘揚」，〔註 39〕尤其在肯定人的正當欲望上，乃是對於戴震以來所主張「通情遂欲」的新理欲觀之呼應。

宋明理學家對於「理」賦予最高道德標準的形上意義，將它提升到天理、天道的高度，不管是「性即理」或「心即理」的主張，「理」都代表著先驗、超越的絕對標準。宋明儒者論理不離氣，乃是受張載氣本論的影響，如朱子在《近思錄》所載：

> 橫渠先生曰：氣坱然太虛，升降飛揚未嘗止息。此虛實動靜之機，陰陽剛柔之始。浮而上者陽之清，降而下者陰之濁。其感遇聚結爲風雨、爲霜雪。萬品之流形，山川之融結，糟粕煨燼無非教也。〔註 40〕

認爲「氣」爲構成自然萬物之素材，天地萬物由一氣而生，一氣中分出陰陽，氣之動曰陽，氣之靜曰陰，故每日的朝夕，四季的更迭無非都是陰陽之變化。朱子並繼承了伊川先生「理一分殊」的主張，又進一步提出了「理先氣後」的觀念：

> 或問理在先，氣在後。曰：理與氣本無先後之可言，但推上去時，卻如理在先，氣在後相似。〔註 41〕

以此確立了「理本論」的基調，認爲「理」是宇宙萬物之「本體」，是形而上之條理而無形跡，「氣」者是形而下之實存，故理氣二者是「不雜」的，而「理」則具有形上義以及超越性。然朱子云：「有是理，必有是氣，不可分說。」〔註 42〕又說明了「理氣不離」，此即是朱熹以理氣二元不離不雜而建構的道德形上學，理氣既是不雜，亦是不離，但在朱熹從形上學角度說「理先氣後」、理氣二分時，認爲只有未發的性情屬於「理」，已發的「情」就屬於「氣」了，因此理學家「尊性黜情」地以形上、形下分視「理」與「氣」，認爲「性」即「理」，爲形上之至善、靜態的存有不動，「情」、「才」屬於「氣」，爲形下、善惡駁雜的不善之源，由「心」統攝形上及形下，即「心」涵未發之「性」和已發之「情」，它具有主宰的作用，能使喜怒哀樂之情發而中節，

〔註 39〕詳參張蕊青：〈乾嘉揚州學派與《鏡花緣》〉，《北京大學學報》1995 年第 5 期，頁 106。

〔註 40〕朱子編，清江永集註：《近思錄集註》（台北：中華書局，四部備要本，1973），卷一，頁 16。

〔註 41〕朱熹：《朱子語類》（北京：中華書局，1986），卷一，頁 2。

〔註 42〕同前註，卷一，頁 1～2。

故曰「心是做工夫處」，〔註 43〕強調在「心」上下工夫，朱子曰：「人之一心，天理存，則人欲亡；人欲勝，則天理滅。」〔註 44〕形上的「天理」與形下的「人欲」形成對立，並認爲欲乃氣之惡，認爲「理」存乎一心，所以要求「即心求理」，只有形上純理的「性」是至善的，而形下之「氣」有其美惡之差別，因此被理學家歸爲氣化的人欲亦皆有善與不善的殊別，朱子以水流、波瀾來說明「心」、「性」、「情」三者，曰「欲是情發出來底。心如水，性猶水之靜，情則水之流，欲則水之波瀾，但波瀾有好底，有不好底。」〔註 45〕視「欲」爲洪水猛獸，必須除之節之，故「黜情」、「滅欲」才得以見性之「始善」，也才能體現至高的「理」。因此，宋明儒者講的是「逆覺體證」的工夫論，是「內向進路」的修養功夫，要在當下保握、覺知先驗的「善」、「理」，所以心不能有所旁雜斑駁，這種純粹無雜的道德修養無疑是最高的標準與典範，然落在現實經驗世界中，對於凡夫俗子而言，能夠每天「默坐澄心」以求「理」者又有多少？故最終成爲理學末流，淪爲晚明「假道學」的社會發展。

在元代，儒學的「獨尊」地位及其對社會意識的控制力量雖然有所削弱，但隨著元朝對漢文化予以越來越多的重視，儒家學說在意識形態領域上重返盟主地位，特別是仁宗朝恢復科舉，考試經學，儒家經典和宋儒傳注重新爲官方重視，尤其是程朱理學，因適合統治者的需求，被奉爲「官學」。然工商業的發展，整個社會又逐漸瀰漫著崇尚「功利」的風氣，重義輕利的傳統觀念面臨著嚴峻的挑戰。元末的文壇大家楊維楨在〈自然銘序〉中說:「堯舜與許由雖異，其得於自然一也，參由自然而得堯舜。」〔註 46〕不論是堯舜爲聖人或許由爲隱士，均出於「自然」，滿足於自己的生活欲望，他在《贈櫛工王輔序》亦曰:「雖然世以不耕爲耕者多矣，漁以釣耕，賈以籌耕，工以斧耕，醫以鍼砭耕，……，高至於公卿大吏以禮樂文法耕，耕雖不一，其爲不耕之耕則一也。」〔註 47〕強調醫卜工賈與公卿大吏，只因生活欲望不同，選擇了不同的生存方式，他們之間沒有高低貴賤的區分。不論堯舜與許由，抑或醫

〔註 43〕同前註，卷五，頁 94。

〔註 44〕同前註，卷十三，頁 388。

〔註 45〕同前註，卷五，頁 94。

〔註 46〕《文淵閣四庫全書・集部・東維子集》(台北：台灣商務印書館)，卷二十三，一二二一冊，頁 625。

〔註 47〕同前註，卷九，一二二一冊，頁 461。

卜工賈與公卿大吏，立身行事的出發點都是「功利」，而不是「通義」。從現實「功利」出發，以平等的眼光觀察世人形形色色的生存樣態，就能尊重人們對不同生活欲望和生活方式的選擇。元末統治者打著程朱理學旗幟，企圖借其鼓吹「存天理、滅人欲」的信條扼殺人的「自然」本性，楊維楨從尊重欲望出發，強調「自然」，在當代無疑是另一種思想的反動。

明代中期以後，社會經濟更加的進步繁榮，同步發展的是人心追求與日俱增的「利」與「欲」，故從孔孟以來標榜「重義輕利」的義利觀受到衝擊，連士人的禁欲觀也受到挑戰，以道德信條爲基礎的國家統治者迅速地顯現出它的侷限性和脆弱性。舊有的價值體系，不可避免地面臨著瓦解的局勢，在這樣的局勢下，倫理道德必須貼近世俗生活，適當淡化「天理」、去滿足「人欲」，才能發揮其對世道人心的有效規範。因此在理學深度的薰化及晚明的王學末流影響之下，人心出現了心趨向欲、卻諱言利的道德拉鋸，更形成晚明社會上到處瀰漫的「假道學」之風。在明代那樣一個「人情以放蕩爲快，世風以侈靡相高」的社會，「情」、「利」、「欲」的價值被重新審視，故曰「從《金瓶梅》到明末清初的世情小說到《紅樓夢》，可以看到從寫貌到寫才、從寫欲到寫情、從寫理想到寫才女悲劇的變化。」〔註 48〕皆可看見時代脈動中價值觀及思維的轉變、反動。

清代對理學理欲觀批判最不遺餘力者，首推乾嘉時期的戴震，其對於程朱的「理氣二分」做徹底的推翻。程朱將「理」視爲獨立於物質世界之外的永恆的存在，是形上的，是純粹至善的，所謂「如有物焉，得於天而具於心」，認爲人的道德善性是源自「天理」，而「氣」落在形下形跡，故「氣」是有「渣滓」，是「善惡駁雜」的，「惡」乃從「氣」而來，於是「人欲」在宋明儒者眼中就成了眾惡淵藪，萬萬不可使其滋生，故提出「存天理，滅人欲」的觀念，也成爲宋明儒者修養心性之工夫進路的理論基礎。戴震站在漸趨商業化、重視情欲、轉向重視經驗世界的時代潮流上，從氣化觀點論道，消弭了天理與人欲的對立。在理學中歸於形而上的道體，到了戴震，就變成了「日用事物當行之理」，主張「理」是根據經驗事實判斷的事理、情理，認爲道德要求是源自於人的生命目標及對生心理的感受追求，所謂「理者，存乎欲者也」，即道德規範須能眞實反映人情的自覺意識要求，要能滿足情欲之需求，正視

〔註 48〕雷勇：〈明末清初世情小說對《紅樓夢》的影響〉，《紅樓夢學刊》2003 年第 3 期，頁 66～78。

人情的「天理」要求，即戴震所言「無欲則無爲矣，有欲而後有爲。」〔註49〕從「理之爲性」的立場闡發，除了認同理爲性中所涵有，還認爲性中攝有其他非理義的部分，包括情欲一類，如此一來，將理義與情欲都歸爲性中所有，皆屬於自然之性，即不須蔑視情欲，進一步肯定「欲」正是一切事爲的原動力，大膽地還其日常顯見之理的本來面目，在欲本乎人性的主張下，對「存理滅欲」的觀念做了扭轉。然戴震並不主張無限制的窮欲、縱欲，認爲有節制的欲才眞正合乎天理，其曰：「性，譬則水也。欲，譬水之流也。非以天理爲正，人欲爲邪也。天理者，節其欲而不窮人欲也。是故欲不可窮，非不可有。」〔註50〕不同於宋儒的「滅欲」，他認爲所有的作爲只要「歸於至當不可易」，只要是合理、合道的「欲」，都可以成爲一切事爲的原動力，因此清儒主張的不是「縱欲」而是「節欲」，才有完成「善」的可能，因此具經驗基礎的「情」，成爲衡量道德價値「合理否？」的最客觀標準，而走向「通情遂欲」的道路。李汝珍生於嘉慶年間，面對的必然是「肯定人欲」此一思想氛圍，透過《鏡花緣》，除了揭露「存理滅欲」的名教腐敗面，更進一步著墨在「重情」、「重欲」之上。

1、「義利合趨」的新義理觀

李汝珍站在乾嘉新義理學所肯定的情欲上，認爲出自人的自然本性的合理情欲都該得到滿足，因此，在《鏡花緣》中十分突出的乃在「不諱言利」上的描寫，包括刻劃重商好利的行徑、深諳奇貨可居的商賈心態，都是値得研究的。

對於人性論，孔子並未明言人性本善，其強調道德實踐在於自覺，曰：「爲仁由己，而由人乎哉？」仁乃道德之根、價値之源，必須通過生命而表現，於是要「踐仁」以表現德行，因此把「欲」當做人生修養中必須用力對治的課題，認爲人有欲易屈於物，則不能剛毅不屈。孟子承孔子之「仁」而言心，即挺立起德性主體，認爲性根於心，善乃人天生內具的本有，非「由外鑠也」，所以性之發用即爲四端，此四端即價値自覺的表現，點出人心之本然，印證人性之善乃天生本具，於是四端之心具有三義：「①超越義——乃天所與我者，②內具義——我固有之，③普遍義——人皆有之。」〔註51〕進一步主張要「擴而充之」

〔註49〕戴震：《孟子字義疏證・後序》（臺北：廣文書局，1978），卷下，頁13。

〔註50〕戴震：《孟子字義疏證・理》卷上，頁7。

〔註51〕蔡仁厚：《中國哲學史大綱》（臺北：學生書局，1999），頁27。

才能防不善滋生。荀子的「性惡論」乃站在「善」非人性中內具的本有，從需要「化性起僞」學習而得的觀點上來論，其曰：「孟子曰，人之學者，其性善。曰，是不然，是不及知人之性，而不察乎人之性僞之分者也。」又曰：「今人之性，生而有好利焉，順是，故爭奪生而辭讓亡焉。」〔註 52〕可見荀子不同於孟子者，乃對人性的觀察從經驗面出發，將「性」建立在人禽同然的生理本性上，以其承認「人生有欲」爲前提，將性、情、欲三者同質同位，認爲順任情欲之擴張，必導致爭奪衝突的發生，故主張性惡。張麗珠先生則認爲，雖然先秦儒家論性，可分爲二路：以孟子爲代表的「超越之性」及以荀子爲代表的「材質之性」，以善是否內具於性中，而有「性善」與「性惡」二派不同的持論，但二者對於「欲惡」所抱持的是一致的看法。〔註 53〕孟子說「養心莫善於寡欲」，荀子也進一步指出「人生而有欲，欲而不得，則不能無求，求而無度量分界，則不能不爭，爭則亂，亂則窮。」〔註 54〕皆認爲「欲」具有易使本心亡失、趨向不善的危險，甚至是爭鬥動亂的根源。

在「欲惡論」的思維下，傳統儒家的思想皆以「恥言利」爲價值根源，從孔子的「義利之辨」，到孟子將「義利」對立，在〈梁惠王〉篇有云：

> 孟子對曰，王何必曰利，亦有仁義而已矣。王曰，何以利吾國；大夫曰，何以利吾家；士庶人曰，何以利吾身；上下交征利，而國危矣。萬乘之國，弒其君者必千乘之家；千乘之國，弒其君者必百乘之家。萬取千焉，千取百焉，不爲不多矣。苟爲後義而先利，不奪不饜。〔註 55〕

認爲義即理，乃自覺心之本來方向；循利必生爭奪，乃因利必出於私之故，故義利之辨即公私之辨，亦是肯定德性主體的價值。至宋明儒者，更強化了「義利對立」的觀念，不論象山或朱子皆以「天理之公」壓抑「人欲之私」，曰「此只有兩路：利欲、道義；不之此，則之彼。」又曰「人之一心，天理存，則人欲亡；人欲勝，則天理滅，未有天理人欲夾雜者。」〔註 56〕因此長時期儒學發展即將道德評價落在「公」、「私」的判準中，出自對一己的利欲追求即是「私」，即是「利」；若是「利人」，即是「公」，即是「義」。孔子曰

〔註 52〕以上二句注文分別引自清・王先謙撰：《荀子集解・性惡篇》，頁 705、703。
〔註 53〕業師張麗珠：《清代新義理學》，頁 235。
〔註 54〕清・王先謙撰：《荀子集解・禮論篇》，頁 583。
〔註 55〕引自朱熹：〈梁惠王上〉《四書集注・孟子》（台北：世界書局，1956），頁 205。
〔註 56〕上述二句分別引自《象山語錄・下》，頁 66；《朱子語錄》，卷 13，頁 224。

「因民之所利而利之」，〔註57〕《大學》也言「國不以利爲利，以義爲利也」，〔註58〕便是肯定「公利」的立場，這也是儒家「貴義賤利」的非功利傾向，其所非者乃指「私利」。張麗珠先生進一步認爲「因此清儒與理學家的分歧，主要在於對自利的看法不同上」，〔註59〕所延伸出「義利之辨」的焦點即在於「私利」之上；也指出，理學長期從「義利歸趨」的「道德範疇」中來做君子、小人的分野，逐私利者、懷惠者皆被歸爲「小人」，導致士人不敢言利，甚至最後淪爲「假道學」之現象。

明代中後期，隨著商品經濟的發展，商人勢力的孳生壯大，明清社會面對價值轉型、情欲覺醒等思想基調的轉換，「嚴辨義利」的「非功利傳統」逐漸鬆動了。從王陽明在嘉靖四年（1525）爲商人方鱗所撰的墓表中得見，明確提出了中國思想史上意義深遠的「新四民論」，重新審視商人的歷史地位。陽明後學、開創泰州學派的王艮更主張「聖人之道，無異於百姓日用。」〔註60〕把天理拉回人間日常生活中，不再是高懸在上的道德規範。到了李贄，又把王艮「百姓日用即道」加以發揮，認爲「夫私者，人心也。人必有私，而後其心乃見」，〔註61〕甚而更說「富貴利達所以厚吾天生之五官，其勢然也。是故聖人順之，順之則安之矣。」〔註62〕完全肯定了私欲的合理性及對私欲的追求。張麗珠先生進一步指出，清儒乃從「位階」的觀點來樹立君子、小人的不同道德標準，在位者擁有權勢，不應與民爭利、奪民之利，所以不可言利；然而庶民求利在道德上是被允許的，即使「喻於利」也不再被歸化爲德性義的小人了，因此「在清儒的詮釋系統中，『義利之辨』是針對位階言的殊異標準，不是個人的道德判準，於是長期來的重義輕利價值崇拜就被破除了。」〔註63〕筆者認爲至此，清儒已在「言利」的思想中找到立足點，「私利」與「人欲」有其追求的正當性，從清初陳確（1604～1677）開始挺立，即對人欲給予正面的肯定，曰「天理正從人欲中見，人欲恰好處，即天理也。」〔註64〕因此提出了「治生論」，肯定君子「有私」，提出「學者

〔註57〕朱熹：〈堯曰第二十〉《四書集注・論語》，頁198。
〔註58〕朱熹：〈釋治國平天下〉《四書集注・大學》，頁18。
〔註59〕業師張麗珠：《清代新義理學》，頁250。
〔註60〕王艮：〈心齋約言〉，《叢書集成》（北京：中華書局，1991），初編，頁3。
〔註61〕李贄：《藏書・德業儒臣後論》，頁544。
〔註62〕李贄：《焚書・答耿中臣》（台北：漢京文化事業有限公司，1984），卷1，頁17。
〔註63〕業師張麗珠：《清代的義理學轉型》，頁185。
〔註64〕陳確：〈私說〉《陳確集・文集》（北京：中華書局，1979），頁258。

以治生爲本」的突破性主張。〔註65〕對於「治生」的眞諦，其曰：

> 然第如世俗之讀書、治生而已，則讀書非讀書也，務博而已矣，口耳而已矣，苟求榮利而已矣；治生非治生也，知有己、不知有人而已矣，知有妻子、不知有父母兄弟而已矣。而又何學之云乎？〔註66〕

將功名之舉的「讀書」與現實生活中的「治生」做了切實的綰合，「治生」不是一味的追求「私利」，乃以「義」爲出發的「求利不害義」，安頓身家之後，才能以學爲本，進而談及國與天下，故「學者治生」突破「諱言利」的窠臼，也兼顧了現實層面與道德層面考量，這對屢試未舉、一窮二白的傳統士人而言，無疑是轉向「經驗面」及「實在界」要求道德實踐的新取向，此亦反應著清儒的性善觀，著重於「終善」的道德實踐結果。

清初在漸露義理轉型曙光之際，除了陳確，尚有顏元（1635～1704）提出了打破傳統的新見，曰「男女者，人之所大欲也，亦人之眞情至性也。」〔註67〕正面肯定人之情欲，重視人的感性欲望，不同於程朱理學的「存理滅欲」，並以「正其誼以謀其利，明其道而計其功」之說將「利」含攝在「義」之中，〔註68〕肯定自利之心及事功的追求，強調正誼、明道後須計功、謀利，只要所欲正之「誼」、所欲明之「道」，則「功」、「利」必然而至。此乃落在「踐履結果」來論功利，只要合乎道德實踐，從正當途逕獲得的功利皆有其正當性，故曰「義中之利，君子所貴也。」〔註69〕將義利合趨的新取向展現在其中。

清儒肯定了追求自利的正當性，在私利的範疇中仍以「不害義」做爲檢尺。戴震認爲「欲遂其生，亦遂人之生，仁也。」〔註70〕先「遂其生」而後「備其休嘉」，皆是人之欲望，亦是一切事爲的原動力，故「非以天理爲正，人欲爲邪也」，認爲「天理者，節其欲而不窮人欲也」，〔註71〕主張的不是縱欲，而是以不會「害義」爲前提的「節欲」。又說「古之言理也，就人之情欲求之，使之無疵之爲理。」〔註72〕若「情欲」能使之「無疵」即是合於「義」，此時情欲的呈現就是「理」的實現了，於是在以情欲「全乎理義」爲出發點

〔註65〕陳確：〈私說〉、〈學者以治生爲本論〉《陳確集・文集》，頁257、158。
〔註66〕陳確：〈學者以治生爲本論〉，《陳確集・文集》，頁158～159。
〔註67〕顏元：《顏元集・存人編》，卷一，頁124。
〔註68〕顏元：《顏元集・四書正誤》，卷一，頁163。
〔註69〕同前註，頁6。
〔註70〕戴震：《孟子字義疏證・理》，卷上，頁2。
〔註71〕以上引自戴震：《孟子字義疏證・理》，卷上，頁8。
〔註72〕戴震：《孟子字義疏證・理》，卷上，頁9。

上，發展了「通情遂欲」的新道德觀。焦循（1763～1820）即站在「一人遂其生，推之而與天下共遂其生」的觀點上，〔註 73〕大力闡言「利不利即義不義」的「義利合一」觀，其曰：

> 人之所以異於禽獸者，在此利不利之間。利不利即義不義，義不義即宜不宜。能知宜不宜則智也，不能知宜不宜則不智也。智，人也；不智，禽獸也。幾希之間，一利而已矣，即一義而已矣，即一智而已矣。〔註 74〕

從「利」做為一個明察天道人事的觀察點，將「利」、「義」、「智」三位綰合成一體，認為「利」才是道德實踐的眞正目的，即從行為結果上而言，善之實現端看現實上能否得利而定。而「義」就是行為之「宜」，若「宜」就能夠得「利」，是以能在現實中得利，就合於義，就是宜。「智」即是知性判斷，此乃「人禽之異」，認為人懂得「趨利避害」。因此，誠如張麗珠所言「在焦循極力強調趨利、並以『利』為『善』的道德新論中，長久以來被傳統義理視為君子、小人分野的義利之辨，也就被顚覆成為『即利即義』的『趨利故義』了。」〔註 75〕求利以及利之實現，反而是道德實踐積極且必要的條件及觀察點，由「利不利即義不義」亦即主張「利之所在，即義之所在」，即是將「義利合趨」。

李汝珍與焦循生於同時，在「義利合趨」思潮鼓動下，面對的是在酒色財氣、充滿欲望與誘惑的時代如何處宜，在第三回中，寫武后剿滅徐敬業後，唯恐城池不固，遂大興土木，於長安城四周建築四關，把長安團團圍在居中，分別是「酉水關」、「巴刀關」、「才貝關」、「无火關」，運用合字以解即是「酒」、「色」、「財」、「氣」四關。道教中的全眞教派，即以「酒」、「色」、「財」、「氣」概括人生的欲望與誘惑，在通俗文學中頗易見，如元雜劇中的「渡脫劇」及許多章回小說，內容多敘述「酒」、「色」、「財」、「氣」的誘惑；或清康熙中葉以前成書，未題撰者之《繡像傳奇後西遊記》之「造化山」中，有「造化小兒」看守之「酒」、「色」、「財」、「氣」圈等等皆是。而《鏡花緣》自九十六回至一百回，描述諸將攻打四關，中興唐業，將「酒」、「色」、「財」、「氣」

〔註 73〕戴震：《孟子字義疏證‧仁義禮智》，卷下，頁 7。

〔註 74〕焦循：《孟子正義‧天下之言性也則故而已矣》（台北：中華書局，1966），頁 585～586。

〔註 75〕業師張麗珠：《清代義理學新貌》，頁 219。

化爲人性的挑戰，讓意志薄弱者自陷其中，以致兵敗身亡，從此可見其對於清儒轉向經驗世界，要求道德規範能落實強調現實人情及對價值的經驗面重視，即對於要求「終善」的一種呼應。如在第九十六、九十七回「酉水關」中，呈現的是「個個面上都帶著三分春色，齊贊酒味之美」的酒香世界，未有絲毫貶責之筆，然酒保以其詼諧、慇勤，瓦解入關將領文芸之戒心，而文芸面對美酒時「嗅了一嗅，香不可當。拿起一碗，剛放到嘴邊，忽然搖頭道：『不可，不可！使不得，使不得！』一面說不可，已將十碗都嘗了半碗。」面對欲望的挑戰，文芸解下寶劍換美酒，武將典劍沽酒，象徵武備竟除，焉用再戰？於是多位將領陷關亡身後，仙姑教以破解之道：「以其人之道還治其人之身」，凡出入陣中，先焚香叩祝，口頌「戒」字，再以硃筆寫上「神禹之位」暗藏胸前，即能絕旨酒，著重在道德實踐中的「終善」，強調結果之善，以及「求利」、「求欲」卻「不害義」的義利合趨思想隱然其中。

2、展現尊情尚智的新思想動向

中國儒學從思、孟一系到宋明理學，皆致力於強調「形上之道」的道德理性，對於「情欲」總是予以貶抑，然其思想型態並非儒學的唯一義理模式。早期儒學仍有強調「情性」者，如出土的郭店楚簡中〈性自命出〉篇：「性自命出，命自天降。道始於情，情生於性。」認爲「情」乃出於性，眞實情感之所發皆爲「性」，然道德之善乃始於「情」，強調實踐道德必以「情」爲出發，此乃從自然人性論的立場上，凸顯對「情」的重視，因此誠如張麗珠教授所言，「情的內容可以包含原始、樸素的自然感情和理性的道德感情，……並非如後來理學家排除情欲氣質、偏言性理的『性即理』性論」，〔註76〕說明了情與性、心、天等具有同等的重要性與根源性，也證明了早期儒家對於情性的重視。

關於早期儒家對「情」的不同看法，可從〈性自命出〉與《中庸》的思想分歧關鍵點得見，因而間接產生了不同的道德進路，影響了兩千年儒家的思想發展即緣此二系思想開展，現代學者張麗珠在《中國哲學史三十講》有精闢講論，略敘如下：〔註77〕《中庸》開宗明義首先提出「天命之謂性，率性之謂道，修道之謂教」，認爲人之「性」乃受之天所命者，此同於〈性自命出〉的「性自命出，命自天降」，兩者都認爲「性」來自天之所賦予；但是對於「道」的看法彼此有異，深深影響其道德教化、道德學之重心及道德進路

〔註76〕業師張麗珠：《中國哲學史三十講》（台北：里仁書局，2007），頁47～48。
〔註77〕以下所引參自業師張麗珠：《中國哲學史三十講》，頁45～58。

之不同。《中庸》認爲「道」則是人遵循天命之性而加以實踐者，所謂「率性之謂道」也，因此落在人對於天道、天理在現象界的落實要求，也自然容易趨向「道德形上學」的道德理想主義上發展。至於另一系的〈性自命出〉強調的是「道始於情」，對於凡一切血氣、情欲、自然情性等，都認爲屬於「性」的範疇，所謂「喜怒哀悲之氣，性也。」強調的是自然人性，然從自然人性到道德實踐的「德」、「善」呈現，其過程居間的關鍵，乃認爲在於情之「悅」之，即肯定「情」得以在道德教化上產生推動實踐的作用。然而面對不同的歷史階段與時代課題時，有不同的思想繼承，如宋明理學繼承了《中庸》一系，強調形而上純善的「性理」，是以「理氣二分」地區別「性體情用」，而以「復其初」爲進路，要求「存理滅欲」；清儒則雖然未見儒家早期心性論文獻，但乾嘉新義理學家如戴震、焦循、淩廷堪、阮元等，他們強調經驗、重視情性、要求踐履結果，並以「通情遂欲」做爲義理主張，自然形成了與〈性自命出〉一系同趨的思想發展走向。

在理學的體系中，即以「性體情用」爲架構，「性」的本質即是「天理」，「情」則和「欲」緊密結合，有善惡之殊別，因此從「尊性黜情」上出發，提出了天理與人欲、性與情的命題，於是對於「情」總是予以矯正或反抗。但當儒學正宗地位受到衝擊，或意識形態相對自由的時期，「情」的宣洩往往如滔滔洪流，如魏晉盛行玄學，藐視禮教，士大夫曾經標榜「情之所鍾，正在我輩」，〔註 78〕即是一例證。明代對於理學的反思、加上商品經濟的發展，市民意識的高張，反映到文學領域，重「情」的風氣也不斷的在蔓延。

明代對情的重視，在文學領域也湧起了「尊情」的思潮。從李夢陽強調「於詩要求眞情，於人要求眞人」的「情眞說」開始，〔註 79〕繼而李贄提出的「童心說」，認爲「夫童心者眞心也，……，絕假純眞，最初一念之本心也。」〔註 80〕到袁宏道的「性靈說」，主張「獨抒性靈，不拘格套，非從自己胸臆中流出，不肯下筆。」〔註 81〕此所稱「性靈」，即相當於性情與情感。而湯顯祖亦將重情的思想表現在戲曲中，進而提出「神情合至說」——「世人總爲情，情生詩歌，而行於神。……，其詩之傳者，神情合至，或一至焉。一無所至

〔註 78〕劉義慶：《世說新語・傷逝》（台北：中華書局，1992），下卷，頁 8。
〔註 79〕李夢陽：《空同先生集》（台北：偉文圖書出版社，1976），卷 50，頁 232
〔註 80〕李贄：〈童心說〉，《焚書/續焚書・雜述》，頁 99。
〔註 81〕袁宏道：《袁中郎全集・敘小修詩》（台北：清流出版社，1976），下冊，頁 2。

而必曰傳者，亦世所不許也。」〔註 82〕所謂的「神情合至」即是主張將自己的眞實感情，完整的貫徹在整個創作過程中，在作品中表現出來，甚至更進一步將情理對立，其曰「情有者，理必無；理有者，情必無：眞是一刀兩斷語。」〔註 83〕表達尊情黜理、以情反理的立場；尤其到了晚明，「尊情」已蔚爲風潮，除了是對理學「存天理，滅人欲」的反動，及對商品經濟繁榮、自我價值的反思外，隨著明代中晚期，戲曲及小說的興盛，人類情愛被大量寫入作品，也帶入了市民意識中，促使人們加深對情感的認識及眞情的追求。茲將明代文學尊情觀發展之脈絡，略述於下：

李夢陽在明代尊情觀的發展中具有承先啓後的意義，其談詩也有主情之論，曰「眞者，音之發而情之原也」，〔註 84〕強調「眞情」是品評詩歌重要的標準，肯定了眞性情的表達；再者，又進一步提出「眞詩乃在民間」的論說：

> 李子曰：「曹縣有王叔武云，其言曰：『夫詩者，天地自然之音也。』今途咢而巷謳，呻而康吟，一唱而群和者，其眞也，斯之謂風也。孔子曰：『禮失而求之野。』今眞詩乃在民間，而文人學子往往爲韻言謂之詩。」〔註 85〕

李夢陽借王叔武之口，指出「自然」是最根本、最眞實的情感，而一句「禮失而求之野」，借孔子之口，表達對當前日漸敗壞的政治及社會現象的不滿，李夢陽進一步提倡「眞詩乃在民間」，在封建社會中，無疑是對正統文學的否定，也讓「情」從個性之情稍微推展到人性之情，更是吹響市民意識抬頭的號角。然而他一方面提倡情眞，但另一方面又刻意在形式上遵守古人的成法，在字句的模擬上一味的擬古，爲摹擬形式所拘泥，反而無法產生眞情實感的作品了，因此在晚年，其自曰「予之詩非眞也」，〔註 86〕繼之又有七子的興起，擬古主義的聲勢就更爲浩大了，於是掀起了一股擬古風潮。

直到晚明，反擬古主義能形成一個文學運動的原因，除了是擬古末流的空洞無物引起的反感外，明代中期到後期，農業和手工業進一步發展，封建社會有了資本主義的萌芽，市民意識及自我價值的提高，讓人性之情得到全

〔註 82〕湯顯祖著、徐朔方箋校：〈耳伯麻姑遊詩序〉《湯顯祖全集・二》（北京：北京古籍出版社，1998），頁 1110～1111。

〔註 83〕湯顯祖著、徐朔方箋校：〈寄達觀〉《湯顯祖全集・二》，頁 1351。

〔註 84〕李夢陽：《空同先生集》，卷 50，頁 232。

〔註 85〕同前註，頁 234。

〔註 86〕同前註，頁 234。

幅的開展，其中以李贄「童心說」最具代表性。李贄認爲「童心」其實就是人的私心：「夫私者，人之心也；人必有私，然後其心乃現；若無私，則無心也。」〔註 87〕強調人必有私，反對禁欲，而且進一步強調個人的物質利益，其曰：「如好貨，如好色，如勤學，如進取，如多買田宅爲子孫謀，博求風水爲兒孫福蔭，凡世間一切治生產業等事，皆其所共好而共習，共知而共言者，是眞邇言也。」〔註 88〕把好貨、好色、勤學、進取、買田宅之類的一切事，皆視爲人最基本的自然欲望和生理需求，是每個人皆具有的本心，也是每個人心中的眞實情感，這樣對「情」的高度重視，到了清儒更進一步予以肯定，尤其是戴震領軍的乾嘉新義理學，以情之好惡爲強調，發展出尊情尙智、綰合德智的道德觀。

承前者所言，清儒雖然未曾見儒家早期心性論文獻，但其論性，和郭店楚簡中〈性自命出〉一樣，傾向從自然材質的立場出發，認爲「飲食男女，人之大欲存焉。欲在是，性即在是」，〔註 89〕故對於情之好惡予以正視，強調「尊情」，對於追求美好食色的自然情性都採取正面的態度。而清儒論性亦與荀子相同，皆從血氣情性的自然之性出發，所不同者，清儒認爲「善」內具於人性之中，荀子卻認爲「善」非性內具本有，因此清儒與荀子之思想雖重視學習與智性，卻有根本上的差異。

荀子主張性惡，卻又言：「塗之人也，皆有可以知仁義法正之質。」〔註 90〕認爲只要具有「可以知仁義法正之質」的「心知」，就能夠靠著學習來化性起僞，故曰「凡所貴堯禹君子者，能化性起僞，僞起而生禮義，然則聖人之於禮義積僞也，亦猶陶埏而生之也。」〔註 91〕因此其所謂的「心知」乃是強調理智心，視禮義爲常人心知所不及，故別而歸之聖人。戴震在《孟子字義疏證》卷中，即從「塗之人可以爲禹」的觀點來說明荀子的人性論與孟子「性善之說不惟不相悖，而且若相發明。」〔註 92〕其所不同者，乃是荀子將「弗學而能者，乃屬之性；學而後能，弗學雖可以而不能，不得屬之性」，〔註 93〕將禮義歸諸於客觀

〔註 87〕李贄：〈童心說〉，《焚書/續焚書・雜述》，卷 3，頁 99。
〔註 88〕李贄：《藏書・德業儒臣後論》，頁 544。
〔註 89〕焦循：《孟子正義》，下冊，頁 743。
〔註 90〕清・王先謙撰：《荀子集解・性惡篇》，卷 17，頁 716。
〔註 91〕同前註，頁 714。
〔註 92〕戴震：《孟子字義疏證・性》，卷中，頁 8。
〔註 93〕同前註，頁 8。

的外在規範而不屬於性：

> 荀子知禮義爲聖人之教，而不知禮義亦出於性，知禮義爲明於其必然，而不知必然乃自然之極則，適以完其自然也。就孟子之書觀之，明理義之爲性，舉仁義禮智以言性者，以爲亦出於性之自然，人皆弗學而能，學以擴而充之耳。荀子之重學也，無於內而取於外，孟子之重學也，有於內而資於外。〔註 94〕

戴震認爲荀子所謂禮義之善者，乃聖人在「積思慮，習僞故」之後，針對自然情欲之易流於惡而生起，所謂「凡禮義者，是生於聖人之僞，非故生於人之性也。」〔註 95〕對荀子而言，「善」生於「僞」，要通過後天的學習才能得到，故戴震曰「荀子之重學也，無於內而取於外」。戴震雖然亦「重學」，主張「德性資於學問」，然認爲人性之本質，所謂血氣、心知者，不可以不言善，其曰「欲根於血氣，故曰性也，……，仁義禮智之懿，不能盡人如一者，限於生初所謂命也。而皆可以擴而充之，則人之性也。」〔註 96〕即人經由心知之明識察道德之理，而使情欲得當，即爲天理，即所謂「理在欲中」也，清儒即站在此兼具理性與氣性的性論上，高度重視「情性」，然爲了避免將「情性」無限的上綱，造成「任情」、「縱欲」之情事，清儒進一步主張「通情遂欲」，對於「情」與「欲」要做到「中節」、「無失」，其曰「欲之失，私則貪邪隨之矣；情之失爲偏，偏則乖戾隨之矣；知之失爲蔽，蔽則差謬隨之矣。」〔註 97〕即謂若「不私」，人的欲望就合乎仁義；只要「不偏」，人的情感就會溫厚而平恕；只要「不蔽」，人就會聰明聖智，故將道德實踐落在適度滿足情欲的「節性」主張上，除了強調客觀的「禮」對情性的節制作用外，在道德主體內在的價值判斷上更是強調心知的判斷，才能「去蔽」，所以提出「德性資於學問」的主張，認爲「學」是道德實踐的必要條件，主張道德可以經由學習，擴充而致，即所謂「以學養智」的道德觀，也成爲清儒的新道德觀，誠如學者張麗珠所言，「重智，幾乎是清儒的同調，更爲清代新義理學的基調，其所強調的是道德範疇『人智足以擇善』的心知判斷」，〔註 98〕因此在明清「尊情」思潮的推波助瀾下，到了清代中葉「重智」、「重學」的主張亦越受重視。

〔註 94〕同前註，頁 8～9。

〔註 95〕清・王先謙撰：《荀子集解・性惡篇》，卷 17，頁 707。

〔註 96〕戴震：《孟子字義疏證・性》，卷中，頁 12。

〔註 97〕同前註，卷上，頁 7。

〔註 98〕業師張麗珠：《清代的義理學轉型》，頁 199。

李贄的「童心說」確立了發乎眞情、以情爲本的創作理論，甚至在〈忠義水滸傳序〉中指出：「古之聖賢，不憤則不作矣；不憤而作，譬如不寒而顫，不病而呻吟也。」甚至進一步直言「《水滸傳》者，發憤之所作也。」〔註 99〕所謂的「發憤說」，即是主張作品必須是作家情感渲染的結果，才能眞摯感人。李汝珍的《鏡花緣》，同是「發憤」之作，從眞實情感出發，在作品中表現了作家的眞性情，將人的七情六欲，包括人們基於生存需要的物質欲望和感情上、精神上的需求展現出來，寫出了人物形象的血性，對於假道學、假名士給予強烈的批判，對於「人性之劣惡」、「社會之奢靡」、「科舉之迂陋」的社會百態表示憤慨，對於欲望的鼓動、利益的追求予以正面的回應，對於男尊女卑的傳統價值觀的勇敢挑戰，透過《鏡花緣》，從以下幾點，可以看到「尊情」、「重情」的思想動向：

（1）七情六欲的順應——

對於七情六欲，在第七回中，唐敖道：「我雖無甚根基，至求仙一事，無非遠離紅塵，斷絕七情六欲，一意靜修，自然可入仙道。」老者笑道：「處士所說清心寡欲，不過略延壽算，身無疾病而已。」又言：「要求仙者，當以忠孝和順仁信爲本。若德性不修，務求元道，終歸無益。要成地仙，當立三百善，要成天仙，當立一千三百善。」直言情欲不該一味斷絕，當於現實、經驗界中以忠孝和順仁信爲本來求善。

在兩次的海外遨遊中，唐敖與小山遇到許多的人事物，作者皆以忠孝和順仁信爲本，順應著七情六欲來著筆，換言之，書中人與人之間的關係以「情」爲基礎，但同時也承認「理」，承認人與人之間存在的「君君臣臣」、「忠孝節義」的關係，這種將「情」建築在「理」的基礎上的情感寫來才能更加眞切。唐敖在遊歷海外中所遇見的十二女中，大多是因出手相助、受唐敖一行人相救而結識，如孝女廉錦楓爲母病入海取參，不料被漁網羅住，漁夫捕獲執意賣女換錢，與女子素昧平生的唐敖一行人，仗義執言：「魚落網裡，由你做主；如今他是人，不是魚，你莫眼睛認瞎了！你叫俺們莫管閒事，你也莫想分文！你不放這女子，俺偏要你放！」〔註 100〕不忍的惻隱之心油然而生；其後的司徒斌兒、徐麗蓉、姚芷馨、枝蘭音、陰若花等皆是受唐敖所救，其中有七人細問之下原爲唐敖故友、業師之女，包括駱紅渠、廉錦楓、尹紅萸、魏紫櫻、

〔註 99〕以上二句引自李贄：〈忠義水滸傳序〉，《焚書/續焚書・雜述》，卷 3，頁 109。
〔註 100〕李汝珍：《鏡花緣》，頁 74。

徐麗蓉、姚芷馨、薛衡香等人，皆是因受武則天迫害而流落避難海外，在海外相遇更見情感之流露，並且更進一步安排其歸宿，由唐敖作伐相互聯姻，如駱紅渠被唐敖聘爲兒媳，廉錦楓也在唐敖做媒下嫁其師尹元之子，並介紹業師尹元到廉家當塾師，薛衡香也在唐敖作伐下嫁魏紫櫻兄，雖然他們的婚姻缺乏自主性，但卻因著在萬里他鄉遇故知而更能見憐愛之情。

在情理之間，作者主張「情理並重」，以公利取代私利，即若能依循「倫理綱常」，則能順乎「人情」，盡乎「人事」，其借師蘭言之口：「無論大小事，只憑這個理字做去，對得天地君親，就可俯仰無愧了。」〔註101〕舉田家那棵紫荊爲例，方才分家，樹就死了，「手足至親跟前總以和睦爲第一，所謂『和氣致祥，乖氣致戾』，苟起一爭端，即是敗機」，後來田家不分家，那棵紫荊又活轉來，即是「和氣致祥」的明驗，甚至進一步說「侍奉承歡，至親和睦，這都是人之根本第一要緊的。其餘如待奴僕宜從寬厚，飲食衣服俱要節儉，見了人家窮困的盡力周濟他，見了人家患難的設法拯救他，如果人能件件依著這樣行去，所謂人事已盡」，立足於忠孝仁義、扶弱濟傾之理上，其所發之情，提高到最高境界——「仁」的地步，也讓情不流於放縱，眞切的情感自能流露。

（2）男女情欲的正視——

小說中論情之核心範疇往往是男女相思之情，然《鏡花緣》中對於男女彼此的相思、相戀之情並無太多正面的描寫，它突破了以往小說寫女子必以戀愛婚姻爲中心的模式，擺脫了女性淪爲婚姻附庸的形象，多次寫到女子以「選女婿」、「有姐夫」之類的玩笑話，勇於表達心中的愛恨情愁。如第五十五回，眾女談論天花，林婉如笑道：「留下花樣，豈但坑死人，只怕日後配女婿，還費事哩！」蘭音道：「怪不得婉如姐姐面上光光，竟同不毛之地，原來卻爲易於配婿而設。難道赤腳亂鑽，把腳放大了，倒容易配女婿嘛？」透露了閨女待嫁之心情。又在第六十五回，孟紫芝說:「你去問問那些女子，他們可肯對天發誓，一生一世不願有家麼？」表達了女子都想嫁人成家的願望。第八十三回，眾才女飲宴時，紫芝還唱一支思念情人的小曲:「又是想來又是恨，想你恨你那是一樣的心，我想你，想你不來反成恨；我恨你，恨你不來越想的恨！想你是當初，恨你是如今。我想你，你不想我，我可恨不恨？若是你想我，我不想你，你可恨不恨？」小說中插入這支運用許多「想」字、「恨」字表達男女相思之情的小曲，表現了作者對男女間正當情欲的肯定。

〔註101〕此段所引皆見於李汝珍：《鏡花緣》，頁470～472。

（3）人性私心的顯現——

在遊歷之中，異草仙花屢見不鮮，得之或可延年益壽，或可得道成仙，猶如鳳毛麟角般之稀奇珍貴，人若獲之，必自當服之，以增功力。唐敖在書中見到記載：「山中如見小人乘著車馬，長五七寸的，名叫肉芝，若吃之，能延年益壽並得道成仙。」〔註102〕當在東口山得見時，多九公和唐敖飛奔直追，最後被唐敖一把捉住，不見他和多九公相互揖讓，一口即吃入腹內。後又見路旁石縫內生出一枝紅花，服之能入聖超凡，唐敖心中暗喜多九公、林之洋二人俱未同來，在在都昭示「私者，人心也」，作者沒有任何的針砭，此乃人之常情，更加彰顯自然本性的眞情流露。

（4）正當利益的追求——

《鏡花緣》全書一百回，在前五十五回中，以唐敖和其女兒小山的海外歷險爲主軸。書生唐敖在科場失意後買了些花盆和生鐵跟隨妻兄林之洋到海外去碰運氣。一路上討論的是利多利少的問題，深諳「物以稀爲貴」的商業手法，指望能「發個利市」。到了君子國，該國宰相送給眾水手十擔燕窩，水手們感到味道並不好，第一頓便吃剩許多，林之洋用幾貫錢向水手們買下剩餘的燕窩收在艙中留待日後高價變賣求利，高興地說:「怪不得連日喜鵲只管朝俺叫，原來卻有這股財氣。」甚至抓住途中各國人民之喜好來買賣，如素知歧舌國人最喜音樂，所以在勞民國見到雙頭鳥就預購些許，準備將來到歧舌國可以賣個高價，後來果眞賣給當地官長得了好價錢，賺了幾十倍利息，但遇到官長身邊的小廝要取半價的佣金，林之洋覺得太高不合理，於是三人同去討價，硬把不合理的佣金給討回，以上種種描寫皆表現出商人渴望一本萬利、希冀飛來橫財的心理和善抓商機、不恥言利的特點，卻也是人的自然本性。

（5）惻隱之情的呼應——

在唐敖、唐小山遊歷海外，除了沿路因感通之情而解救了許多女子外，連魚獸都具有感通之情，如在元股國見到「魚鳴如兒啼，腹下四隻長足，上身宛似婦人，下身仍是魚形」的「人魚」，因此心生可憐，向漁人盡數買了，放生於海內，不意那些人魚自從放入海內，無論船隻，或住或走，它總緊緊相隨，乃是此魚稍通靈性，因念救命之恩，心中感激戀戀不捨。

再者，在六十三回中，由「讓考」一事，亦可看到「以己之心通乎人之心」的情感流露。在參加部試前夕，眾才女陸續來到紅文館寄宿，忽聞隔牆

〔註102〕李汝珍：《鏡花緣》，頁44～45。

的緇姓女子啼哭聲，細問下原是起身匆促，忘帶本籍文書，眼看不能應試，因而啼哭。田秀英因在趕考途中與她相識，認爲她學問甚優，自己與之相比甚遠，「自知將來學業淺薄，將來部試，斷難有望，……，亦可成全此人」，於是將自己的文書送給此女，教她頂名應試。

（6）生活情趣的重視——

《鏡花緣》在第三十三回中，曾提到「上面載著……人物花鳥、書畫琴棋、醫卜星相……無一不備。還有各種燈謎，諸般酒令，以及雙陸、馬弔、射鵠、蹴球、鬥草、投壺、各種百戲之類，樣樣都可解得睡魔，也可令人噴飯。」〔註 103〕即是本書後四十回的最佳寫照，乃以眾才女下棋、飲酒、賦詩、品茶等活動爲主軸，在聚會中除了插科打諢外，最多的是燈謎遊戲，其他如琴技、馬弔、射箭、投壺、起貴人、斷吉凶……等等技藝亦穿插其中，除了是作者「以文爲戲」，用以炫耀諸多才藝外，另一方面也可看出作者對於生活情趣的重視。

除了「尊情」、「重情」之外，《鏡花緣》對於「重學」、「重智」之思想，亦著墨甚多：在淑士國中，老者開宗明義的說：「書能變化氣質，遵著聖賢之教，那爲非作歹的究竟少了。」〔註 104〕因此在作品中不乏談論經史之處，如在第十七回中，多九公與紅衣女紅紅、紫衣女亭亭談論經學，以《毛詩》的〈擊鼓〉詩，論毛《傳》、鄭《箋》之誤；提出《論語》版本問題，主張宜互校之，方能精確，並討論《論語》的音義問題。另於第五十二回中，以不小的篇幅來談論《三禮》諸家注釋，論《春秋》褒貶大義，論王弼、韓康伯注《周易》之失，在一來一往的辯論中，一方面批判、反駁歷來各注經名家之說，一方面也主張讀書明理，博古通今。在十六回中，才學之高下乃成爲黑齒國評斷貴賤、美惡之價値，黑齒國的風俗：

> 無論貧富，都以才學高的爲貴，不讀書的爲賤。就是女人，也是這樣。到了年紀略大，有了才名，才有人求親若無才學，就是生大户人家，也無人同他配婚。〔註 105〕

特別借用女子的才學來誇飾「德性資於學問」的價値意識。

再者，《鏡花緣》中，則涉及到許多算學問題，如盈朒算法、韓信點兵、

〔註 103〕李汝珍：《鏡花緣》，頁 147。
〔註 104〕李汝珍：《鏡花緣》，頁 152。
〔註 105〕李汝珍：《鏡花緣》，頁 110～111。

圓周算法、圓方、差分法、鋪地錦、籌算、圓周率之値、雉兔同籠等等，物理學則有物質重量、音速計算等等，並多次寫到行醫治病、抗洪治水、製造鐵器等，顯示了對自然科學的高度重視，也反映了當時講究博學的風尚。

而「重學」、「重智」的主張亦表現在那百名才女身上，或文才橫溢（如：史幽探），或學問廣博（如：米蘭芬），敢於和男子一樣臨朝當政，一展抱負（如：枝蘭音、亭亭、紅紅）。在這些女子身上，不只有「閨氣」，還有「才氣」、「俠氣」、「丈夫氣」！在他看來，女子只要受到與男子同等的教育，其聰明才智就未見得在男子之下。在第十八、十九回中，多九公來到黑齒國遇見兩位女子，把周易、孟子、易經一一請教，結果「兩個女子，你一言，我一語，把多九公的臉上青一陣，黃一陣，身如針刺，無計可施」，落得如此的窘境，最後還換來「問道於盲」之辱。在第二十四回中，設計了「淑士國」，唐敖一行人發現該國無論士農工商都是儒者打扮，一問之下，該國老者才曰：「自王公以至庶民，衣冠服制，雖皆一樣，但有布帛顏色之不同：其色以黃爲尊，紅紫次之，藍又次之，青色爲卑。至於農工商賈，亦穿儒服，因本國向有定例，凡庶民素未考試的，謂之『遊民』。此等人身充賤役，不列四民之中，即有一二或以農工爲業，人皆恥笑，以爲遊民，不執常業，莫不遠而避之。因此本處人自幼莫不讀書。雖不能身穿藍衫，名列膠庠，只要博得一領青衫，戴個儒巾，得列名教之中，不在遊民之內；從此讀書上進固妙，如或不能，或農或工，亦可各安事業了。」以顏色來區分貴賤地位，強調各項才學的正面價值，故該國「考試之例，各有不同：或以通經，或以明史，或以詞賦，或以詩文，或以策論，或以書啓，或以樂律，或以音韻，或以刑法，或以曆算，或以書畫，或以醫卜。只要精通其一，皆可取得一頂頭巾、一領青衫。若要上進，卻非能文不可；至於藍衫，亦非能文不可得。」正好與具有多項技藝的百名才女互相呼應，凸顯了重智主義、強調智性的道德觀，依照才學之能，通過考試來決定尊卑地位。誠如胡適所言「李汝珍要提倡的並不單是科舉，乃是學問」，〔註106〕在當代「尊情尚智」的思潮上，道德實踐的要求落在重問學、貴擴充上，這樣的提倡無疑是對當代這股思潮的呼應。

（二）《鏡花緣》的禮治嚮往

乾嘉儒者在徹底打破理學「存理滅欲」的迷思後，肯定「欲」正是一切

〔註106〕胡適：〈鏡花緣的引論〉，頁431。

事爲的原動力，大膽地還其日常顯見之理的本來面目，然而清儒並不主張無限制的窮欲、縱欲，認爲有節制的欲才眞正合乎天理。在乾嘉學者掀起的注重考據、講究實證的學風中，確立了「道在六經」的中心思想，考據六經以證明先賢聖人講「禮」不講「理」；淩廷堪進一步提出「道在典章制度」，認爲經書中的義理必須從「典章制度」中去求得，故「以禮代理」的主張應運而生，「以禮經世」遂成爲清代中葉經世致用的有效途徑。

《鏡花緣》中大篇幅的考據《三禮》，甚至以《禮記・禮運》篇的大同世界爲一藍圖，有謂「通過文學作品表現大同思想，《鏡花緣》可算得是一個典型」，〔註 107〕李汝珍勾勒出其心中理想的禮治社會——君子國，皆顯示出作者對於禮治的嚮往。

1、承續淩廷堪「以禮代理」的思想

在正視情欲、走向通情遂欲的時代中，更要強調「禮」治，才能發揮節度人欲的功能，故清初的考禮之風，到了清中葉轉向對「以禮經世」的呼應，其中淩廷堪有其居重地位，其「從『考禮』時轉到了『習禮』，不只重於考訂禮書所獲得的豐碩成果，而是重於落實在經驗領域內的各種典制，諸如國家的各種祭典，……，亦即先習其器數儀節，然後知禮之原於性，若能使天下敦厚而崇禮，則人人自能復於性、達於善」，〔註 108〕《鏡花緣》中所寄寓的理想社會乃是以禮爲綱紀的國邦。

宋代學者倡言的理學，將「禮」視爲「理」的展現，即是攝「禮」入「理」，如張載所言：「蓋禮者理也，需是學窮理，禮則所以行其義，知理則能制禮，然則禮出於理之後」，〔註 109〕禮就是理的外在體現，且先有理然後才有禮。到了程頤，則將「禮」與「理」關係上推到本體論的高度，其曰：「視聽言動，非禮不爲，即是禮，禮即理也。不是天理，便是私欲。」〔註 110〕捻出「天理」二字，認爲視聽言動、應對進退若能「依禮」，則能實踐道德性命，但若「不合禮」就等於「非理」，即是「私欲」，所以其道德要求落在「存理滅欲」的

〔註 107〕劉明貨：〈水中月，鏡中花——《鏡花緣》的社會理想〉，《西南師範大學學報》1995 年第 4 期，頁 88。
〔註 108〕商瑈：《一代禮宗——淩廷堪之禮學研究》（台北：萬卷樓圖書公司，2004），頁 151。
〔註 109〕宋・張載：《張載集・張子語錄》（台北：漢京文化出版社，2004），頁 327。
〔註 110〕宋・程頤：《二程集・程氏遺書》（台北：漢京文化出版社，1983），卷十五，頁 144。

軌跡上，強調內求諸己，以「養心」做爲入手處，在程頤看來，「禮」不過是「理」或「天理」的一種表現形式，而「理」才是眞正的道德主體。

宋儒以道德價值爲標榜、以是非爲判斷的「理」，到了晚明理學末流，「理」流於虛空，背離道德，後來理學成爲統治者的正統官方學術，桎梏人民思想的工具。承前所論，清代戴震對於理學理欲觀的批判是最不遺餘力的，而隨著乾嘉學派的興起，禮、理之爭應運而生，出現了以淩廷堪爲代表的「以禮代理」說，成爲思想界的新潮流。

淩廷堪（1757～1809）等漢學家以考據爲手段，試圖證明儒學的中心是「禮」而非「理」，其考據《論語》之言，論證孔子「言禮不言理」，其曰：「《論語》記孔子之言備矣，但恆言『禮』，未嘗一言及『理』也。」〔註111〕並採用考證方法，以證明經典文中原無「理」字。他指出：

> 考《論語》及《大學》皆未嘗有「理」字，徒因釋氏以理事爲法界，遂援之而成此新義。是以宋儒論學，往往理、事並稱。其於《大學》說「明德」曰「以具眾理而應萬事」，說「至善」曰「事理當然之極」，說「格物」曰「窮至事物之理」，於《中庸》說「道也者」曰「道者，日用事物當然之理」。其宗旨所在，自不能掩。又於《論語》說「知者」曰「達於事理」，說「仁者」曰「安於義理」，……，無端於經文所未有者，盡援釋氏以立幟。其他如「性即理也」、「天即理也」，尤指不勝屈。故鄙儒遂誤以理學爲聖學也。〔註112〕

淩廷堪認爲宋儒的理學是參雜佛學思想，借用佛學的語言，看似新貌，實則佛學的改頭換面，並非純正的儒學，全面否定理字及理學。他遵循「道在六經」的宗旨，透過儒家經典的考證來證明「聖人之道，一禮而已」的思想觀點，再加上講求現實經驗、重視客觀實踐的清代新義理學思潮鼓動下，淩廷堪更提出「舍禮無學」、「學禮復性」的主張：

> 因父子之道而制爲士冠之禮，因君臣之道而制爲聘覲之禮，因夫婦之道而制爲士昏之禮，因長幼之道而制爲鄉飲酒之禮，因朋友之道而制爲士相見之禮。自元子以至於庶人，少而習焉，長而安焉。禮之外，別無所謂學也。〔註113〕

〔註111〕淩廷堪：《校禮堂文集・復禮上》（北京：中華書局，1998），頁190。
〔註112〕淩廷堪：《校禮堂文集・好惡說下》，頁142。
〔註113〕淩廷堪：《校禮堂文集・復禮上》，頁27。

> 三代盛王之時，上以禮爲教也，下以禮爲學也，……，蓋至天下無一人不囿於禮，無一事不依於禮，循循焉日以復其性於禮而不自知也。〔註114〕

凸顯了「禮」的具體規範作用，認爲透過日常倫常的禮儀學習，就能使性善獲得實現，然此所謂的「復性」，並非理學的遺留痕跡，乃強調禮對於性具有化裁之效而言。

再者，從實踐的角度來揭示理學的流弊，淩廷堪進一步提出了「以禮代理」的主張，其曰：「慎獨指禮而言，格物亦指禮而言」，誠如張壽安先生所言：「清儒對《大學》『格物致知』另作新解，是明清儒學思想轉型上的一大見證。而淩廷堪的這種詮釋更是影響深遠，意義十分重大。」〔註115〕淩氏將「慎獨」、「格物」都詮釋爲禮：

> 《禮器》曰：「禮之以少爲貴者，以其內心者也。德產之致也精微，觀天下之物無可以稱其德者，如此，則德不以少爲貴乎？是故君子慎其獨也。」此即《學》《庸》「慎獨」之正義也。慎獨指禮而言。……，皆禮之內心精微可知也。〔註116〕

> 《禮器》曰：「君子曰：無節於內者，觀物弗之察矣。欲察物而不由禮，弗之得矣。故作事不以禮，弗之敬矣。出言不以禮，弗之信矣。故曰：禮也者，物之致也。」此即《大學》格物之正義也。格物亦指禮而言。禮也者，物之致也。……然則《大學》之格物，皆禮之器數儀節可知也。〔註117〕

淩氏認爲「德」與「禮」乃內外表裡，「德」在內，「禮」在外，內有此德才外有此禮，認爲慎獨即指這種禮之內心精微；另不同於宋儒所格之「物」乃指天下萬事萬物，淩氏所言格物乃指研究儀文器數，所格之「物」乃是禮，故「以禮代理」的主張將理學家的理想道德主義拉回到現實經驗務實面上，從內在的精神層面轉向外在的制度層面，用有所依憑的「禮」來取代虛空抽象的「理」，也爲解決現實社會問題的角度提供了一個切入點。

李汝珍在乾隆四十七年跟著兄長到江蘇海州，即受業於淩廷堪，直到乾隆

〔註114〕同前註，頁28。

〔註115〕張壽安：《十八世紀禮學考證的思想活力》（北京：北京大學出版社，2005），頁66。

〔註116〕淩廷堪：《校禮堂文集・慎獨格物說》，頁144。

〔註117〕同上，頁144。

五十八年，淩廷堪補殿試，自請爲教諭，改授安徽寧國府教授，乾隆六十年赴任後，李汝珍便因道路遠隔，中斷受教之路。但此段從師淩氏之路，不僅讓李汝珍在音韻研究上受其影響，在禮學領域中也受教甚深。《鏡花緣》中承襲淩氏「道在六經」的觀點，所論之書多爲儒家經典，或《論語》或《孟子》，或《春秋》或《周易》，在〈五十二〉回中，也大篇幅的討論《三禮》。而在唐敖遊歷海外之始，即迫不及待地打造了好讓不爭、唯善爲寶的「君子國」，此乃以禮經世的理想國度；而受君子國教化的「黑齒國」亦是行庠序之教，崇禮敦義：「市中也有婦女行走，男女卻不混雜；因市中有條大街，行路時，男人俱由右邊行走，婦人都向左邊行走，雖係一條街，其中大有分別。……男女並不交言，都是目不邪視，俯首而行。」〔註 118〕此男女有別之觀念乃受《禮記・內則》薰陶：「道路，男子由右，女子由左。」〔註 119〕可見李汝珍復興禮樂之邦的寄託。

2、藉女子之口，考據《三禮》

禮、樂是儒家治國的二大支柱，在西漢盛行儀禮，東漢則特別推崇周禮，到了鄭玄徧注三禮，集禮學之大成，此後「三禮」之名才顯著於世。故孔穎達作《禮記正義》曰：「禮是鄭學。」〔註 120〕鄭玄治禮最難能可貴者，不僅在禮義的探討，且能實際應用，其曾爲朝廷制定禮儀，本身又能克己復禮，陳灃在《東塾讀書記》中寫道：

> 然則鄭君禮學，非但注解，且可爲朝廷定制也。袁彥伯云：「鄭玄造次顚沛，非禮不動。」然則鄭君禮學，非但注解，實能履而行之也。孔子告顏子，非禮勿動，顏子請事斯語。鄭君亦非禮不動，故范武子以爲仲尼之門，不能過也。〔註 121〕

此種躬行實踐的精神，乃孔子「學而時習」、「身通」之遺意。

在《鏡花緣》第五十二回中，亭亭問曰：「吾聞古禮自遭秦火，今所存的惟《周禮》、《儀禮》、《禮記》，世人呼作『三禮』。若以古禮而論，莫古於此。但漢、晉至今，歷朝以來，莫不各撰禮制。還是各創新禮？還是都本舊典？至三禮諸家註疏，其中究以何人爲善？何不賜教一二呢？」唐閨臣長篇論述，先述三禮之沿革，歷朝禮制大事，再羅列唐武后前注三禮之學者，並略言若

〔註 118〕李汝珍：《鏡花緣》，頁 94。
〔註 119〕鄭玄注、孔穎達正義：《十三經注疏・禮記注疏・內則》，卷二十七，頁 1292。
〔註 120〕同前註，〈月令〉，卷十四，頁 688。
〔註 121〕陳灃：《東塾讀書記》（台北：台灣商務印書館，1967），卷十五，頁 227。

干作品之特色及缺失。並提出最善本乃鄭玄所注者之觀點：

> 近來盛行之書，只得三家：其一，大司農鄭康成；其二，露門博士熊安生；其三，散騎侍郎皇侃。但熊氏每每違背本經，多引外義，猶往南而北行。馬雖疾而越去越遠；皇氏雖章句詳正，惟稍涉冗繁，又既尊鄭氏，而又時乖鄭義，此是水落不歸本，狐死不首邱，這是二家之弊。惟鄭註包舉宏富，考證精詳，數百年來，議禮者鑽研不盡，自古註禮善本，大約莫此爲最。〔註 122〕

李汝珍讀《禮》所宗者爲鄭玄，亦受當時乾嘉學者重考証、回覆本經思潮的影響。至於《禮》的價值，乃引《宋書・傅隆傳》所云：

> 《禮》者三千之本，人倫之至道。故用之家國，君臣以之尊親；用之婚冠，少長以之仁愛，夫妻以之義順；用之鄉人，友朋以之三益，賓主以之敬讓。其《樂》之五聲，《易》之八象，《詩》之風雅，《書》之典誥，《春秋》之勸懲，《孝經》之尊親，莫不由此而後立。唐、虞之時，祭天之屬爲大禮，祭地之屬爲地禮，祭宗廟之屬爲人禮。故舜命伯夷典三禮，所以彌綸天地，經緯陰陽，綱紀萬物，雕琢六情，莫不以此節之。〔註 123〕

李汝珍高度肯定《禮》的價值，認爲《禮》是五常倫理的規範，亦是儒家經典的根本，於此呼應了清中葉「以禮經世」的思潮。又藉閨臣之口云：「典制本從義理而生，義理也從典制而見，原是互相表裡」，〔註 124〕認爲「典制」與「義理」乃爲內外表裡，而「典制」於此所指即是「儀文器數」，亦即「禮」也，與淩廷堪主張所格之物乃是「禮」的說法不謀而合。

另者，在探討《禮記》文義上亦有所著墨。如〈十七〉回中，探討各家對《禮記・月令》「鴻雁來賓，爵入大水爲蛤」之斷句及釋義的不同：

> 老夫記得鄭康成註《禮記》，謂「季秋鴻雁來賓」者，言其客止未去，有似賓客，故曰「來賓」。而許愼註《淮南子》，謂先至爲主，後至爲賓。迨高誘註《呂氏春秋》，謂「鴻雁來」一句，「賓爵入大水爲蛤」爲一句，蓋以仲秋來的是其父母，其子羽翼稚弱，不能隨從，故於九月方來；所謂「賓爵」者，就是老雀，常棲人堂宇，有似賓

〔註 122〕李汝珍：《鏡花緣》，頁 349。
〔註 123〕李汝珍：《鏡花緣》，頁 347～348。
〔註 124〕同前註，頁 349。

客，故謂之「賓爵」。〔註 125〕

以鄭注、高誘、許愼三家註解之異同及得失做了詳細的分析，提出鄭注最佳的有力說明：

鄙意「賓爵」二字，見之《古今注》，仲秋已有「鴻雁來」之句，若將「賓」字截入下句，季秋又是「鴻雁來」未免重覆。如謂仲秋來的是其父母，季秋來的是其子孫，此又誰得而知？況〈夏小正〉於「雀入於海爲蛤」之句上無「賓」字，以此更見高氏之誤。據老夫愚見：似以鄭註爲當。〔註 126〕

在清代學者考據《三禮》風盛的氛圍下，李汝珍也提出自己的看法，可謂至論。

3、內心的烏托邦——「好讓不爭」的君子國

《鏡花緣》第十一回中借唐敖與多九公所見所聞，描述了一個超乎尋常的禮義之邦——君子國。

從一進城門即見「惟善爲寶」四個大字，此「善」主要乃指儒家復古主義之善，從君子國的描述中可以充分反映。當地的人「好讓不爭」，街上所見：「那些耕者讓畔，行者讓路光景，已是不爭之意；而且士庶人等，無論富貴貧賤，舉止言談，莫不恭而有禮，也不愧君子二字。」見其買賣，所重者即是「無欺」二字，絕無賣者開價開得高，買者還價還得低、下等貨物高價出售之情事，反倒是買者要加價，賣者要減價；買者不加價，自覺「如何能安」，賣者不減價，卻說會「失了忠恕之道」，形成一幅好讓不爭之行樂圖。連身旁路過的兩位老者，看來舉止大雅、謙恭和藹，所居者不過是「兩扇柴扉，周圍籬牆，上面盤著許多青藤薜荔。」卻是一人之下、萬人之上的宰輔；再者，以相當大的篇幅描述了吳氏兄弟對唐敖等人就「天朝」弊俗的詢問，並提出自己主張，不時引述儒家經典，作爲對「天朝」的批判及自己的施政依據，如：在「天朝」，爲人子女者，爲求好風水，置父母之柩多年而不入土，最後相習成風，吳氏提出「何不遵著《易經》『積善之家，必有餘慶』之意」的質疑，要求子女多爲父母做好事，即能使父母瞑目無恨，強調的是親情的依附，即是禮的原則。再者，對於「天朝」向喜爭訟一事，或因口角不睦不能容忍，或因財產較量以致相爭，偶因一時賭氣，鳴之於官，然而訴訟一起，彼此控

〔註 125〕同前註，頁 103。

〔註 126〕同前註，頁 103。

告無休，幸者官事了結，花費不貲，焦頭爛耳；不幸者，官司拖延日久，雖要將就了事，欲罷不能，家道由此而衰，事業因此而廢，以致身不由己，吳氏引《易經》「訟則終凶」一句，認爲爭訟一事，終究是不利於己之事，這樣的觀點乃是以禮來處理人際關係，即使自己有理，也可能因爲考慮到禮，而不去與人計較，並且能夠比較體面的解決問題。吳氏對於「天朝」種種的奢華行徑亦不以爲然，包括每每宴客即珍饈羅列，不論菜之好醜，亦不辨其有味無味，競取價貴的爲尊，久之，翻不出新意，或煮黃金，或煨白銀，以爲首菜，吳氏認爲不豐不儉、酌乎其中，此謂千古定論；又「天朝」嫁娶葬殯、飲食衣服以及居家用度莫不失之過侈，吳氏乃以世道儉樸，愚民稍可糊口，即不致流爲奸匪，奸匪既少，盜風不禁自息，盜風既息，天下自更太平之論，認爲「儉樸」所關非細事，此亦反映李汝珍具有以禮治世的思想。甚至連該國國王也都崇尚儉樸，廉錦楓道：「國王向有嚴諭：臣民如將珠寶獻進，除將本物燒毀，並問典刑。」確切落實了「惟善爲寶」的國訓，也讓人性回歸質樸的善性之中。

謙讓有禮、克己讓人乃是君子國的主要特徵，強調生活的富足、閒適，人與人之間的合諧性，沒有爾虞我詐，回歸原始質樸之人性，其核心乃是一個「禮」字，建立在禮制基礎上的人際關係，才會有眞正自由平等的理想社會。《禮記．禮運》篇對於大同世界的描述爲：

> 大道之行也，天下爲公：選賢與能，講信修睦，故人不獨親其親，不獨子其子，使老有所終，壯有所用，幼有所長，矜寡孤獨廢疾者皆有所養，男有分，女有歸，貨惡其棄於地也不必藏於己，力惡其不出於身也不必爲己，是故謀閉而不興，盜竊亂賊而不作，故外户而不閉，是謂大同。〔註 127〕

大同世界的基礎乃在於「禮」，是家庭關係、社會關係，甚至是政治關係的核心，這也正是儒家理想中的禮治社會。作者在書中多次喟歎「人心不古」，因而按照古禮的要求描繪出這樣一個「君子國」來，這是李汝珍「禮治」思想的烏托邦，然而卻也是一個純空想、根本不可能實現的社會，所以最後唐敖並沒有留在君子國，而是讓大風把他送到虛無縹緲的小蓬萊，讓他「撒手塵世而歸趣仙道」，也暗示著理想世界的幻滅與不可得。

〔註 127〕鄭玄注、孔穎達正義：《十三經注疏．禮記注疏．禮運》，卷二十二，頁 1025。

第二節　《鏡花緣》諧謔之筆的批判意識

《鏡花緣》以「才學小說」之形式來表達其理想社會，並對當代社會的種種流弊提出批判，乃因受到乾嘉揚州學派重視通經明理的思想影響，故李汝珍將「社會人生理想，採用談學論藝、引經據典的方式，將其寄寓在知識性和趣味性相結合的構架之中」，〔註 128〕而繪成《鏡花緣》中一幅幅的理想世界圖像。清代統治者歷來以程朱爲尊，上從康熙以來，以朱子思想爲官方哲學的考試政策，甚至讓朱熹躋身孔廟正殿，提升至「大成殿十哲」的地位，下至雍正、乾隆也都以這樣的「尊儒重道」的基調作爲文化國策，乃是冀望尊道統以取得正統地位的政治手段。乾隆、嘉慶到道光是清朝國勢由興盛漸走下坡的扭轉點，面對多元和多變的社會價值、型態轉變，程朱理學早已失去生機，趨變爲空虛的倫理教條，面對社會內部新型文化價值的躁動，理學及考據學並不能滿足當時經世濟民的時代訴求，故講求經世致用、強調實證的清代義理學說順勢興起，迫使知識份子不能僅止埋首於古籍中，而是要將視線和精力轉移到社會的現實中，引領儒學將視域及論域從形上界轉移到現象界的思想演進，對於傳統以來一貫沿襲的理學教條權威、傳統價值觀，出現了反思與批判。《鏡花緣》藉著海外的所見所聞，百名才女的論學說藝，以文學共娛把遊戲提升到藝術的境界，並且重視現實問題的研究，在以文爲戲、詼諧對話之中，把對社會現實的關心及轉變的社會風氣展現其中。

一、表現清人對形下氣化世界的重視

《鏡花緣》作於十八世紀末，新義理學仍是當代思想伏流之時代，作者將形下氣化世界的重視表達在作品。故有謂李汝珍在「作品裡的思想並不比龔自珍遜色，而且更加難能可貴。……，乾隆、嘉慶時的李汝珍在《鏡花緣》裡早就有不同程度的體現」，而認爲李氏最可貴者，乃「能在傳統的母題裡，產生新鮮的主題，這不能不說是作者在創作過程中，以藝術思維的窗口觀察世界的一大勝利成果」，〔註 129〕而這樣的視野拓展，或許與當代對形下氣化世界的日漸重視有所關聯。

對於元氣理論，在戴震之前已有許多思想家提出見解，如荀子認爲「萬

〔註 128〕張蕊青：〈乾嘉揚州學派與鏡花緣〉，《北京大學學報》1999 年第 5 期，頁 106。

〔註 129〕上二句皆引自龔際平：〈《鏡花緣》價值的重新認識〉，《淮海工學院學報》2004 年 6 月，第 2 卷，頁 610。

物爲道一偏，一物爲萬物一偏」，〔註 130〕天地萬物是唯一實在的物質世界，各種事物都處於這個物質世界中，且云「天地合而萬物生，陰陽接而變化起」，〔註 131〕自然界的變化也是自然物內部對立的陰陽二氣相互作用的結果；王充也說「天地合氣，萬物自生，猶夫妻合氣，子自生矣。」〔註 132〕認爲宇宙間的萬事萬物都是由「氣」氤蘊和合而成，「氣」稀微無形，雖視之不見，卻彌漫宇宙空間；「氣」處於不停的運動狀態中，它聚生而成萬物，萬物又離散而爲元氣。

宋儒之中，北宋張載在《正蒙．太和篇》明確提出了「太虛即氣」、「虛空即氣」的本體論命題，認爲「太虛無形，氣之本體；其聚其散，變化之客形爾。至靜無感，性之淵源；有識有知，物交之客感爾。」〔註 133〕此言「本體」即「氣」，本身無形，但由聚散而變化爲萬物，遂呈現爲有形，即「客形」。所謂「氣兼有無」，即指不論無形的「太虛」、或有形的「萬物」，皆爲氣所兼有，因此『反對在「氣」之上復懸一「太虛」或「道」的主張，顯然不同於程朱一系「有是理後生是氣」之「理氣二分」立場。』〔註 134〕此乃張載所論不同於「理本論」之處，即不以「理」或「天理」爲最高範疇。但是深究之，張載的思想學說「到底還是歸諸理學『性理』一路」，〔註 135〕反對將道德價值落在「以生爲性」、經驗面價值之氣性上的，其云「至誠，天性也；不息，天命也。人能至誠則性盡而神可無窮矣，不息則命行而化可知矣。」〔註 136〕將自然之「氣」和道德之「誠」合而爲一，主張「天人合一」，認爲能體驗天人合一的境界，才是絕對的、也才是眞知；並且進一步提出了「天地之性」與「氣質之性」之分別，可見張載之「氣本」宇宙論雖不同於程朱之「理本論」，然觀其心性論及工夫論，可見思想歸趨仍未背離理學之思想主軸。

明清以來，對形下氣化日益重視，亦逐漸正視之。張麗珠教授在《清代的義理學轉型》中所論的時代背景，正是李汝珍寫作《鏡花緣》的時代背景，略述如下：明代中葉以來，政治危機及社會危機的加劇，加上王學末流的種種流

〔註 130〕清．王先謙撰：《荀子集解．天論篇》（台北：藝文印書館，2000），頁 543。
〔註 131〕清．王先謙撰：《荀子集解．禮論篇》，頁 610。
〔註 132〕轉引自韋政通：《中國思想史．下冊》（台北：水牛出版社，1996），頁 533。
〔註 133〕張載撰，王夫之注：《張子正蒙．太和篇》（上海：上海古籍出版社，2000），頁 88。
〔註 134〕詳見業師張麗珠：《清代的義理學轉型》，頁 369。
〔註 135〕同前註，頁 373。
〔註 136〕張載撰，王夫之注：《張子正蒙．乾稱篇》，頁 90。

弊，儒者面對「學術蹈空」的知識危機，空談心性受到嚴重的批判，這也是儒者選擇「崇實黜虛」、「由虛返實」的原因，轉向重視經驗世界，肯定形下氣化，以「氣本論」為基礎，蔚為「明清氣學」之蓬勃：從羅欽順、王廷相、黃宗羲等人即逐漸將對「理」的重視轉移到對「氣」的重視上，羅欽順說「理須就氣上認取」，〔註 137〕黃宗羲也說「天地之間只有一氣充周，生人生物。人稟是氣以生，心即氣之靈處，所謂知氣在上也。心體流行，其流行而有條理者，即性也。」〔註 138〕甚至到了戴震，提出「道，猶行也。氣化流行，生生不息，是故謂之道。」〔註 139〕其所持的即是「太虛就是氣」的「氣本論」立場，所不同於張載者，是其「以氣論性」地從氣論出發，進論人性；異於張載以先驗的道德意識——「天地之性」作為價值歸趨，而反對「氣質之性」的立場；在明清社會劇變影響之故，社會思想及價值的轉移之下，明清儒者進一步肯定了「氣質之性」，因此「對氣質之善的肯定，就是明清間逐漸成熟而突出成為『明清氣學』和『宋明理學』義理分趨的重要分水嶺。」〔註 140〕可見「明清氣學」已經從形而上的「天道」落實到形而下的「人道」之中。

然而「清代新義理學」對「明清氣學」最大的突破乃在「理欲」觀上。明清氣論家，如：王夫之、王船山、黃宗羲等人，雖然肯定形下氣化，肯定氣質之性，卻仍然反對人欲的萌發。清儒站在明代「重情」的基礎上，著重在現實界對於人生情欲追求的「經驗面價值」，清初，陳確倡導的「治生論」，即從肯定人欲出發；繼之，戴震主張「道」必就實體實事而言，並且認為「欲」也是天理流行的呈顯，肯定了形下氣化，消弭了天理、人欲的對立，於是由「理欲對立」觀進至「理欲合一」觀，並以「通情遂欲」新道德觀取代了理學的「存理滅欲」，以落在經驗領域的本體論、強調形下終善的人性論，及落在「人物事為」上的工夫論——學、恕，建構起具有經驗論色彩的完整思想體系。隨後淩廷堪、焦循、阮元等人出現，建構了反映清人價值觀的義理新論，「乾嘉新義理學」遂應運而生。

「乾嘉新義理學」的核心價值乃在實證、實用的現實精神和經驗價值之

〔註 137〕羅欽順：《困知記》卷下，《四庫全書》（台北：商務印書館），冊 714，頁 305。

〔註 138〕轉引自劉述先：《黃宗羲心學的定位》（台北：允晨文化，1986），頁 83。

〔註 139〕戴震：《孟子字義疏證・天道》（台北：廣文書局，1978），卷中，頁 1。

〔註 140〕如：劉宗周肯定氣質之理，黃宗羲稱許王廷相的「氣外無性」說，謂「此定論也」；王夫之其性論持說「言心，言性，言天，言理，俱必在氣上說，若無氣處則俱無也。」以上所引詳見業師張麗珠：《清代的義理學轉型》，頁 379。

強調上，《鏡花緣》恰是乾嘉時期的產物，透過其落在經驗世界上的描寫、通經致用的現實精神，以及言言有據的徵實手法，甚至側重「禮治」的思想，都是我們得以探索當代「價值轉型」的形跡。

二、《鏡花緣》的寫實及批判性

《鏡花緣》中的故事發生時間安排在盛唐，以仙界百花仙子落入凡間爲線引，展開一連串曲折迂迴的奇旅異途。而作品中描述的社會現實卻是發生在自身所處的清代社會，在封建統治者推尊程朱理學的當時，不論是官場還是民間，滿眼皆是庸儒、陋儒，「三綱五常」、「三從四德」等封建禮教深植人心，禁欲與縱欲互爲表裡，善惡難辨。少數走在時代先端的先進人士，其處境之孤絕可想而知，故乾嘉大師「由詞通道」，傳經辨疑，力斥宋明理學之「僞」，當代許多文學作品也受到此風薰染，將宋明理學末流顯形在現實社會之弊陋寫入，《鏡花緣》無疑是爲我們留下許多珍貴鏡頭，透過虛擬、誇張或變形等藝術處理，帶我們窺探鴉片戰爭前夕中國社會的一個縮影。

古人有謂「不平則鳴」，〔註141〕就文學創作而言，其動因是作家心頭鬱結著「不平」，或處於不平等地位，或遭逢不公正待遇，「不平」之氣如鯁在喉，不吐不快。李汝珍即是個「善鳴者」，善於通過恰當的文辭形式將心頭鬱結的「不平」完美地表達出來。

李汝珍在《鏡花緣》中把目光投向海外，而海外世界卻處處是國內社會的縮影。小說透過光怪陸離、奇奇幻幻的描寫，向人們展現的是一個色彩繽紛的海外世界，細讀之下，不難發現這些大大小小的國度卻是國內政治、經濟、文化生活的一個個縮影。李汝珍所處的乾嘉時代，就充斥著多種社會矛盾，包括舊封建統治的鞏固及資本主義的萌芽力量之間的拉扯，作者自然能感受到如此的社會脈動；另者，在多舛的宦途生涯中，目擊人情世態，面對的是如此腐朽、醜陋而至衰微的社會，作者假唐敖之身，遨遊各國，故一路上所見所聞，各個沿海國度的政治、經濟制度皆是中國本土的翻版。

〔註141〕韓愈在貞元十七年（AD801）寫的《送孟東野序》云：「凡物不得其平則鳴，草木之無聲，風撓之鳴，水之無聲，風蕩之鳴。樂也者，鬱乎中而泄於外也，擇其善鳴者而假之鳴，維天之於時也亦然，擇其善鳴者而假之鳴。」從這段文字可以看出，所謂「不平則鳴」，是指「有不得已者而後言」，亦即「鬱於中而泄於外者也」。韓愈的「不平則鳴」說，首先強調社會上的人與自然界的物一樣，都是「不得其平則鳴」。

除此之外，在旅遊海外途中，不同的國度裡有著不同面貌的人民，誇張、荒誕的筆法與想像令人折服，這些不折不扣是表現在社會中各類人物形態的倒影，尤其側重於人性的醜陋和陰暗面的著墨，以反映人性的複雜。對中國社會黑暗面的刻劃多過於光明面的描寫，透過其幽默兼及諷刺之筆，不難見其對社會具批評、改革之志。因此李汝珍在《鏡花緣》中，針對自己所認爲的「人性弱點」、「社會陋習」、「科舉陋相」，以文學之筆呈現多樣貌的批評面向與見解。

（一）惡——對人性脆弱及卑劣的觀察

夏志清先生認爲「《鏡花緣》是中國傳統中最用心經營的小說」，〔註 142〕其用心可從唐敖跟著到海外貿易的妻舅林之洋、舵工多九公結伴出遊看出，一行人遊歷了君子國、大人國、無腸國、犬封國、黑齒國、長人國、白民國、淑士國、兩面國、穿胸國、長臂國、翼民國、女兒國、軒轅國等四十多個國家。而「全書說的那些海外國名，一一都有來歷；那些異獸奇花仙草的名稱，也都各有所本」，〔註 143〕這些國家的由來多有所本，泰半見於古籍中，作者再進一步深化給予誇張的描寫，如「穿胸國」——「即貫胸國，見《山海經》，其人胸中有竅」，〔註 144〕在第二十六回中，被刻畫成「因行爲不正，每每遇事把眉頭一皺，心就歪一邊，或偏一邊。」最後把胸都穿透，還要取狼心狗肺來補的小人；或《鏡花緣》中其性澆薄，滿口反話的「小人國」，首見於《文獻通考》，乃是「在大秦南，軀纔三尺，懼爲海鶴所食，大秦國常保衛之。」〔註 145〕受人保護的弱小族群，而非令人厭惡的小人。其寓言的特徵和幽默感，豐富了海外的遊歷所見，但細思之下，這些反映的不就是現實世界中人們所顯現的人性嗎？自古以來，善之美與惡之醜是妝點世間不可或缺，也永不褪去的兩種主色，作者在書中皆有所描繪，茲將其歸納如下：

（1）良善不爭型

以善爲寶，無論富貴貧賤，舉止言談莫不恭而有禮，好讓不爭而不失忠恕之道，如：第十一回的「君子國」、第十四回的「大人國」之風；也有賤名利，輕富貴者，如：第十六回的「無繼國」。

〔註 142〕參見夏志清：《文人小說與中國文化》（台北：勁草文化，1975），頁 231。

〔註 143〕胡適：〈《鏡花緣》的引論〉，頁 412。

〔註 144〕錢靜方：《小說叢考》，頁 56。

〔註 145〕同前註，頁 56。

（2）貪靡鄙吝型

或好吃懶做，整日吃睡循環，用以嘲弄人們的好吃懶做，如：第二十六回的「結胸國」；或只在飲食用功，於正事一無所能，用以嘲弄人間如酒囊飯袋及不辨善惡者的，如：第十五回的「犬封國」；或嗜錢如命，見錢眼開，連主人亦可以出賣，用以挖苦忘恩負義的小人，如：第二十九回的「歧舌國」裡的奴隸；或生性鄙吝，一毛不拔者，用以譏笑鄙吝寡恩者，如：第二十七回「毛民國」人民；或凡事沒有他我之分，凡物不論應得與否，皆欲伸手取之，久而久之成了臂長的廢人，則譏諷人性的貪婪豪奪，此乃第二十七回的「長臂國」；或貪生怕死，恐睡去不醒，所以視睡覺爲畏途，終年昏昏迷迷，勉強支持，從無一日開心，也不知喜笑歡樂爲何物，嘲弄杞人憂天、作繭自縛者的，如：第二十七回的「伯慮國」等等。

（3）機心用盡型

有頭戴浩然巾，只露一張正面，卻把另面藏了，對富貴者即顯露謙光一面，待貧困者卻施以傲鄙之光，若識破其行藏，則露出本相，成了青面獠牙、滿臉猙獰者，正說明人性中的趨炎附勢、口蜜腹劍，如：第二十五回的「兩面國」；也有滿口反話，詭詐異常，教人無從捉摸者，用以形容人與人之間的猜忌無情，如：第十九回的「靖人國」；更有性喜處處逢迎奉承，尤愛戴高帽子，今日也戴，明日也戴，滿頭盡是高帽子，以致頭長五尺，用來揶揄喜聽讚言，排拒諫言者，如：第二十七回的「翼民國」；或有終生以扯謊爲其處世哲學，用以譏諷撒謊成性，絕無誠信者，如：第二十七回的「豕喙國」；甚有苦思惡想以鈎心鬥角，爭強賭勝以出人頭地者，如：第三十二回的「智佳國」等等。

（4）驕慢狂妄型

或腹中空無一物，卻苦於不自知，偏要裝作充足的樣子，如：第十四回「無腸國」；或滿口大話，打腫臉充胖子，用以嘲笑目空一切，吹牛而不知恥的自大狂，如：第二十回的「長人國」；或行爲不正，長了「歪心疔」、「偏心蛆」，故用「中山狼」、「波斯狗」的心肺，來補潰爛處的，如：第二十六回的「穿胸國」，乃責備心術不正、狼心狗肺的惡者等等。

（5）內外不一型

有外表如腳夫，而內在卻經綸滿腹者，如：第十六回的「黑齒國」；也有外表冠冕堂皇，若繡花枕頭者，如：第二十一回的「白民國」等等。

除了所遇的種種奇人外，尚有遇見一些怪獸，如：第九回有「其性最義，最愛其類」的「果然獸」，即是用來反諷人情的澆薄及相互殘殺；或是第十回中出現「其形如人，滿口豬牙，渾身長毛，四肢五官與人無異……，額上有文，細細看去，卻是不孝二字」的「不孝鳥」，則諷刺世人的「不孝」、「不慈」、「不道」、「愛夫」、「憐婦」〔註146〕等等。

書中善惡互見的海外奇異世界，構成了瑰麗的海外奇談，「中國古代的小說雜書，有一個描寫荒域世界的系統，《逸周書王會解》、《山海經》等等，都是這類作品，《鏡花緣》繼承這一傳統，用四十餘回篇幅，細緻描寫了光怪陸離，引人入勝的海外奇境，形成自己別具一格的特色」，而其主要特色乃在「利用古書有關資料而大加飾演，借題發揮，充分表現他的社會理想道德觀念及對於各種社會問題的頗有意義的看法」，〔註147〕書中無疑是觀察社會中形形色色人物的一把把放大鏡。在放大鏡的折映之下，《鏡花緣》卻極力聚焦於人性種種的卑劣及脆弱之上，或是貪婪鮮恥、虛有其表，或是阿諛奉承、巧言令色，或是見利忘義、好吃懶做，構設小說情節，採用側面、間接且委婉的手法來針砭人性，不難發現李汝珍洞察人情世態之細膩，再加以諷刺的筆法勾勒之下，儼然一幅栩栩如生的世間百態圖呈現在讀者眼前，也寫下了文學藝術的成就。

（二）虛——迷信奢華的社會百態刻畫

中國悠久的歷史文化中，吸收融化了許多種族的生活習慣，風俗即趨於複雜。李汝珍在《鏡花緣》中，受其師淩廷堪「以禮代理」的思想影響，並把它作爲批判現實的思想武器與建構理想國度的理論基點，對於社會上的這些風俗陋習採取了批判，並提出了改正之道，其情節大多集中在第十一、十二回中，茲條列於下：

（1）譏諷「漫天要價，就地還錢」〔註148〕好爭的貿易習慣

《鏡花緣》中第十一回描寫的「君子國」，講求禮讓不爭，連在貿易上亦然，只見賣者還錢、買者添價的光景。因此唐敖見了「君子國」人民的買賣交易後，說：「『漫天要價，就地還錢』原是買物之人向來俗談。至『並非言

〔註146〕此鳥名爲「不孝鳥」，「不但額有『不孝』二字，並且口有『不慈』二字，臂有『不道』二字，右脅有『愛夫』二字，左脅有『憐婦』二字」。

〔註147〕以上二句引自：李劍國、占驍勇《〈鏡花緣〉叢談》（天津：南開大學出版社，2004），頁276。

〔註148〕「漫天要價」二句：賣者開價開得高，而買者還價還得低。

無二價，其中頗有虛頭』，意是買者之話。不意今皆出於賣者之口，倒也有趣。」對來自天朝的唐敖等人而言，無疑是開了眼界，因爲聖人之國的天朝人民對於買賣一貫都是討價還價的態度，未曾聞賣者還錢買者添價之俗，李汝珍也藉唐敖之口，襯托出中國社會中買賣者之間彼此算計好爭的惡俗，不啻是對標榜禮儀之邦的中國社會一大諷刺。

（2）批判風水之說

風水，可以說是中國人在長期生活經驗中所發展出的獨特觀點，也是中國人的一種生存環境觀；此種獨特的觀點廣佈我國自古以來社會各個階層之中，上達皇室下至百姓，無論陰陽宅的選址、規劃設計、營造施工等，都產生廣大而深遠的影響，傳統觀念中認爲死者之葬地優劣與其後代的庇蔭繁衰極有關係，故葬前風水地形的勘查極其重要。

在第十二回中，藉著吳之和之口道：「作子孫的，並不計及死者以入土爲安，往往因選風水，置父母之柩多年不能入土，甚至耽延兩代三代之久，相習成風。以至庵觀寺院，停柩如山；曠野荒郊，浮厝無數。並且當日有力時，因選風水蹉跎；及至後來無力，雖要求其將就殯葬，亦不可得；久而久之，竟無入土之期。此等情形，死者稍有所知，安能瞑目？況善風水之人，豈無父母？若有好地，何不留爲自用？如果一得美地，即能發達，那通曉地理的，發達曾有幾人？今以父母未曾入土之骸骨，稽遲歲月，求我將來毫無影響之富貴，爲人子者，於心不安，亦且不忍。此皆不明『人傑地靈』之義，所以如此。」可見李汝珍認爲迷信風水之說，而延誤父母入土，即是不孝。

再者，他更進一步提出「廣積陰德遠勝於尋覓陰地」的積極思想。說道：「何不遵著《易經》『積善之家，必有餘慶』之意，替父母多做好事，廣積陰功，日後安享餘慶之福？較之陰地渺渺茫茫，豈不勝如萬萬？」認爲子孫興旺的原因乃由氣數而非陰地，勸人積極爲善而非耽溺於迷信之說。

（3）反對競尚奢華的鋪張之風

中國人歷來重視婚喪喜慶的場面，往往極其鋪張浪費，尤以宴客最窮極奢華，菜之好醜，不以其味論，競取價貴者爲尊，且滿桌珍饈羅列，動輒十餘二十種，宴未畢而客先飽；除飲食之外，包括衣服、居家用度亦往往失之過侈。李汝珍主張以五簋爲度，菜以五樣爲度，要有「常將有日思無日，莫待無時想有時」之忖思，才能惜福不造孽，也才能使奢侈之風漸息。

另者，認爲以張筵殺生來慶生子女的風氣亦不可長。嬰兒的誕生從古至今對中國人而言是件大事，從三朝、滿月、百日到周歲都有其慶賀禮俗，然而不乏大肆鋪張浪費之舉。在第十二回中寫到「富貴家至期非張筵即演戲，必豬羊雞鴨類大爲宰殺。」李汝珍認爲這是有違上天好生之德。上天賜一生靈，反傷無數生靈，認爲許多花費，是先替他造孽，不如拿來做爲周濟貧寒及買物放生之用，那麼福壽必自至。

（4）批評算命合婚之陋俗

人生不如意事十之八九，在境界不順之際，希冀運轉時來，所以會偶一推算，李汝珍認爲此乃人之常情，即使推算不準，亦屬無傷。但是婚姻一事，只要品行端正，年貌相當，門第相對，即屬絕好良姻，不須推算，並順勢批評十二生肖命格迷信之說。認爲一味以合婚爲準，勢必將就勉強從事，雖有極美婚姻，亦必當面錯過，以致日後抱恨終身。

李汝珍在第十二回「雙宰輔暢談俗弊，兩書生敬服良箴」中，藉著吳之和之口談俗弊，除上述所列，尚有子女捨身入空門、好爭訟、耕牛屠宰、三姑六婆、後母虐兒等社會問題。尤對當時迷信奢華之社會風氣痛惡至深，然在論述時卻一再強調果報、造孽之說，看似有違其破除迷信的本衷，甚至背道而馳，然而細究之，李汝珍立基於善惡因果說及輪迴論的思想，是爲了確立正向的社會規範，而不是一味倡導、鼓吹佛家的學說內容，大篇幅著墨於社會俗弊上，將觀察轉入經驗世界中，重視實在界價値，正視從好惡出發的人之情性，此乃値得肯定之處。

（三）陋——迂儒科試的陋相素描

八股文在明清兩朝，即成爲士子們進入仕途的敲門磚，一般的知識份子，不管是想要一展長才，或者是享受功名利祿，都必須要通過重重的科舉門檻。秀才是通過科考第一關的讀書人，在古代社會階層中可稱得上是知識份子；若以官民二分，他們的地位特殊，緊靠著官又不是官，緊鄰著民又不是民，常是「上不上、下不下」的階層，「上不上」乃因越往上爬名額越少，大多數人無緣再往上爬，「下不下」是因爲他們生活常困頓，卻又不願，也做不來眞正庶民的工作，種種尷尬便由此而生，所以未達的秀才在社會上成爲一個奇特的階層。

然而未達的秀才，往往跟「窮」結緣，高不成低不就的身段，讓他們往往帶點酸腐之氣，這是長期志不得伸、壓抑下來的一種酸氣，就成了人們口中的酸丁，在第二十三回「說酸話酒保咬文，講迂談腐儒嚼字」中，有一段提到：唐敖等人進入酒樓，遇到個身穿儒服的駝背老者，口中所吟無非『之乎者也』之類。連酒保都拿醋算酒，讓林之洋道：「你這幾個『之』字，盡是一派酸文，句句犯俺名字，把俺名字也弄酸了。隨你講去，俺也不懂。但俺口中這股酸氣。如何是好？」所以在第二十一回中藉著林之洋之口說道：「俺聞秀才最酸」，然如此一窮二白、進階無望的社會游離份子在現實生活中卻是俯拾皆是。

而無緣上進的秀才的另一個悲哀，也是另一種折磨，還是在於科舉的制度面。科舉應試歷來是中國讀書人終其一生所尋踏、追求的路徑，其間角力、競爭之激烈可想而知，「不第」往往成了士人最大的打擊，然而「不第」之因，或努力不夠，或考運不佳，亦或遭人構陷排擠者大有人在，爲求功名利祿不計手段者屢見不鮮，如在第七回中，唐敖雖連捷中了探花，但「不意有位言官，上了一本」，說唐敖與圖謀不軌的徐敬業、駱賓王等人有私交，所以列爲「非安分之輩」，「請旨謫爲庶人，以爲結交匪類者戒」。本章上去，經過武則天密訪後，唐敖因無劣跡，所以施恩降爲秀才，但這樣的打擊對唐敖，非同小可，只說「世人只知紗帽底下好題詩，那裡曉得草野中每每埋沒許多鴻儒」（第十八回），滿腔的不平，表露無遺，終日思思想想，遂有棄絕紅塵之意。現實社會中因爲小人誣陷而落第者不在少數，有人因此意志消沉、一蹶不振。亦有人情請託、營私舞弊者，如在第五十一回中：「無如總是關節夤緣，非爲故舊，即因錢財；所取眞才，不及一半，因此灰心，才同叔父來到海外，意欲借此消遣，不意倒受這番磨難。」「金銀錢財」、「人情裙帶」就像任督二脈，打不通就很難打入宦途，空有滿腹才學亦是枉然，這是何其不公！另者，爲了赴考，揑名造假之情事亦會發生，「他們男子，往往嘴上有鬚，還能冒籍入考，何況我又無鬚，豈不省了拔鬚許多痕跡，……，這都是趕考的舊套。」（第五十三回），尋找槍手，冒名頂替，竟是趕考的舊套；「唐敏開了眾人年貌，駱紅蕖改爲洛姓，連唐閨臣、枝蘭音、林婉如、陰若花、黎紅薇、盧紫萱、廉錦楓，田鳳翾、秦小春，共計十人；因緇氏執意也要赴考，只好揑了一個假名——都在縣裏遞了履歷。」（第五十四回），這些八股取士的陋相都在李汝珍的筆下現形，而這樣的醜相更是不斷在現實生活中上演。

除此之外，八股取士另一大弊病，不僅命題範圍狹小，而且講究所謂八股格律，使得科舉淪爲文字的遊戲，已難選拔社會所需要的人才，而考生專就應試的科目用功，也難培養眞正的能力。然而對於未達的秀才而言，最好的職業就是開館教書，因此這也成了李汝珍揶揄的素材，在第二十二回中有一段，在白民國原以爲遇到了精深博學的知識份子，然細究其內容，卻發現眞相爲：把「幼吾幼，以及人之幼」錯讀爲「切吾切，以反人之切」，把「求之與，抑與之與」錯讀爲「永之興，柳興之興」等等，完全顯露私塾先生學問不通，虛有其表，囫圇吞棗、不求甚解，竟連一般孩童都熟讀的《孟子》也沒有讀通，如何傳道、授業、解惑呢？揭發腐儒誤人子弟的嘴臉，譏諷的雕刀不著痕跡地一筆筆刻畫在人心皮肚上，無疑是對迂腐的儒士一大諷刺。更進一步，也將科舉之下患得患失的醜態表露無遺，如在第六十六、六十七回寫眾才女在放榜前魂不守舍的情狀，尤其是平日端淑賢良的林婉如和秦小春，當得知考中才女時，竟跑到廁所裡，「立在淨桶旁邊，你望著我，我望著你，倒像瘋癲一般，只管大笑」，彷若《儒林外史》中「范進中舉」的翻版，由此亦見，八股取士對人們精神的戕害有多深遠。

針對此書針砭現實之幅度，有人認爲「李汝珍的《鏡花緣》指摘時弊、抨擊現實的廣度超過了吳敬梓的《儒林外史》，但其深度卻又有所不及」。〔註 149〕要言之，李汝珍在《鏡花緣》中抨擊現實的廣度是很大的，或許其深度不及諷刺性極高的《儒林外史》，但能將種種社會陋相臚列並加以揭露和批判，可謂秉持公心，亦誠如魯迅對此書的評價是「其於社會制度，亦有不平，每設事端，以寓理想」，〔註 150〕希望藉由文學之筆寄予矯正時弊、改造社會之厚望，也寄托了自己對大同世界的理想追求，絕非只是一己抑鬱不得志的騷言，而是關注社會現實、富有進步意識的文學家。

〔註 149〕范義臣、林倫才：〈秉持公心、諷時刺世——淺評《儒林外史》、《鏡花緣》的諷喻主題〉《重慶工學院學報》，2005 年 7 月，頁 127。

〔註 150〕魯迅：《中國小説史略》，頁 311。

第四章　《鏡花緣》寓勸善於「定數」的鋪陳手法

關於李汝珍《鏡花緣》一書，有人以其炫學逞才、數典談經，將之歸於「才學小說」之列；〔註 1〕有人因其揉合了神話結構及原型，而歸諸清代長篇文人創作的「神魔小說」；〔註 2〕綜觀此書的情節發展，乃根源於轉世、謫世的架構上，採取了以楔子、正文、結尾的敘述方式，鋪陳了百花仙子獲罪遭謫降下凡，經過轉世投胎成爲不具法力的凡人，歷經人間歷劫，再重返天庭的情節，順著一切的因果皆爲定數的敘事手法，讓《鏡花緣》游刃於仙凡兩界的框架結構中，卻不至於入靈怪之流。

從《鏡花緣》中，時常可看到仙界與凡間的時空交織在一起，構成亦眞亦幻的情景。在前六回的神話敘述結構中，運用了預示技巧，以果推因，即可窺知整部書的結局：從第二回中，王母道出「群花定數」，意謂著百花仙子注定要逢一劫：獲罪謫凡；因此一場由仙入凡，再由凡返仙的戲碼就依這神秘、先驗的「定數」而展開，因此「書中的人物命運、情節的展開，故事的發生、發展和結局，都依預先設定的神秘主義和宿命主義而進行。」〔註 3〕在《鏡花緣》的敘事結構中，仙凡時空的表現是多維的、交錯的，唐小山爲了尋父而展開的兩次海外之行，歷經了四次磨難：君子國遇水怪、田木島亥木山遇果核妖、小蓬萊遇虎、兩面國遇大盜等，皆適逢百草仙子、百果仙子、

〔註 1〕魯迅：《中國小說史略》，頁 301。

〔註 2〕李保均：《明清小說比較研究》（成都：四川大學出版社，2004），頁 203。

〔註 3〕敦玉林：〈鏡花緣中的定數觀念及其敘事方法〉，《明清小說研究》2003 年第 69 卷，頁 205。

百谷仙子、百介大仙、百鱗大仙等昔日仙界宿友的化解，而爲了要將故事邏輯化、讓情節合理化，作者乃以一「緣」字聯繫之，無論是天緣、仙緣、機緣、舊緣，或是塵緣、宿緣、姻緣，其本質都是指向必然性的定數。

除此之外，《鏡花緣》的另一定數觀念表現在因果報應說上面。不論是在海外遊歷，或在百女聚會的過程中，處處可見善有善報、惡有惡報的因果連繫筆法，將因果報應與善惡緊密聯繫在一起，不同於一般單純以果報故事爲主的傳奇或短篇作品，「《鏡花緣》往往是在各種場合、各種話題的人物對話中穿插善惡果報論，所用材料既有現實性的，又有寓言式和想像的，用以明善惡果報之道，讓人知道冥冥之中有一種主宰，一種定數，一種法則，你不可不顧。」〔註4〕李汝珍立足在即氣論性的善惡觀上，強調善惡果報，雜揉佛家的輪迴觀念，並提出習善去惡的主張，強調善在經驗現實界的落實，此乃與「終善」的要求相互呼應，亦達到勸善去惡的醒世效果。

中國「天人交感」的傳統思考，李汝珍將其化用爲一神話世界，以人神世界做一因果性的聯繫，儘管《鏡花緣》中意象和內涵極爲豐富，但沉浸在深受「宿命觀」影響的「定數」框架裡，作品的情節性相對削弱不少，沒有劇烈的動作和懸念，然而這樣的敘事手法最基本的理念，乃使其敘事邏輯化、合理化，李汝珍在這樣的主軸上，卻能盡情逞肆滿腹文才百藝，並得以貫穿許多思想，又融匯著諷刺、社會問題諸多小說類型的特色，實屬特別。

第一節　認命而不悲觀的宿命色彩

自稱「花樣全翻舊稗官」的李汝珍，在《鏡花緣》中設計了百花謫降爲百女和心月狐謫降爲武則天的因緣結構，將書中的主體——百位才女以及和才女們命運密切相關的女帝武則天，都納入一個宿命輪迴的圈子中，據李豐楙先生所論，《鏡花緣》的主體結構基本上套用道教謫譴神話的模型與教義：「天上罪譴者需要被罰到人間解罪，然後歷劫回歸天上。」〔註5〕而「中國古代長篇章回小說常常把故事置於一種宿命論、因果論的框架中，即把書中出現的人物事件與往昔的人事或神秘現象聯繫起來，構成神秘的因果關係。」〔註6〕究其思

〔註4〕同前註，頁211。

〔註5〕李豐楙：〈罪罰與解救：《鏡花緣》的謫仙結構研究〉，《中國文哲研究集刊》1995年第7期，頁107。

〔註6〕李劍國、占驍勇：《鏡花緣叢談》（天津：南開大學出版社，2004），頁4。

想根源，乃在釋道二教。命定論、宿命論則是佛道的重要思想，命定論是決定論，認爲所有的物質事物和行爲都是在發生之前，由外力所決定或解決的，在《鏡花緣》中，是通過「命」、「運」、「數」、「定數」等一系列概念體現出來的；宿命論是種框架和制約，由一因定一切果，在作品中是通過「因」、「緣」、「劫」等概念體現出來，將整部作品中納入泛大的宿命框架中，展開了唐敖海外之行及唐小山小蓬萊尋父的歷程。唐敖之行有三個重要目的：一是入道，二是搜羅海外十二「名花」，三是展現海外風情，而唐敖入道是引出唐小山尋父此一結構的直接動機，其背後的宗旨即是「孝」，因此，不論是唐敖立下棄絕紅塵尋仙訪道的志願，抑或小山尋父猶若在尋找內心眞實的世界，皆以「修身」爲個體修養之要求，強調在自身修養上下功夫，而最高境界即是「成聖」，並將個體的追求落實到現實社會，即「齊家、治國、平天下」之進程，將「命皆前定」的觀念轉化到「人掌握命」的積極思維。

故書中的「命定」觀念，並非要人「俟命無爲」，而是強調其另一面：進取不止，不以得失爲患，不以成敗爲憂，即如孔子所言：「君子之仕也，行其義也；道之不行，已知之矣」〔註 7〕又如孟子曰：「求之有道，得之有命。是求無益於得也，求在外者也。」〔註 8〕儒家哲學重視的是人們行爲的過程、意義、價値與目的，「知命」是爲了「安命」，唯有對命有所認識，才能不計較現實生活中的成敗、得失，積極在人事上有所作爲。

一、命定的天路歷程

《鏡花緣》主要的架構乃在仙界百花仙子及群芳因過被貶紅塵，經過凡間磨練，並於女科應試高中才女，最後塵緣期滿而返本歸源，這樣的故事原型，顯然受到道教「謫仙修道」思想的影響，這也是明清時代在民間普遍被接受的小說表達方式：

> 明、清小說家在構成這些小說的敘述技巧上，顯然精確掌握了一種民間文學的文化本質，也就較能契合於謫凡神話的宗教義理：一種命定的、不可避免的破壞力，乃是扭轉不公不義的不正之力的關鍵。這樣的義理結構從而決定了敘述結構，敘述結構也實踐了宗教的義理結構，這就是在謫凡架構下所開展的：聚→散→聚→散，乃是由

〔註 7〕引自朱熹：〈微子第十八〉《四書集注・論語》，頁 189。
〔註 8〕引自朱熹：〈盡心上〉《四書集注・孟子》，頁 392。

一種命定之鍊所貫串起來。〔註 9〕

道教「謫仙修道」的宗教意義，原本用以解釋修道人的人間試煉，人間種種苦難是磨練心性的修行，而文學創作者將其改造，就成了命定說、命緣說，不論是《水滸傳》、《西遊記》或《紅樓夢》，都以聚則散、散則聚的結構進行，如此的聚散模式作爲一種敘述技巧，勢必要遵用謫凡神話，將「罪與罰」作爲一種義理結構。

《鏡花緣》的前結構以一個仙境的故事起頭，以百花淪降凡間的因緣來揭開全書序幕，也預設了百花仙子歷劫歸返的證道使命，在此神話架構中，前半部的海外歷險、後半部的齊赴長安應試，都成爲推動情節發展的主力。首先，百花仙子及其所統領的百花仙與嫦娥的衝突造成了百花眾仙被謫的後果，整個仙界的運作其實如同人間都是奉行一個宇宙大秩序，誠如百花仙子所言：「小仙所司花，開放各有一定時序。非比歌舞，隨時皆可發令。」若是破壞了這個大秩序，即將使宇宙和社會失序，而淪爲災異徵應的現象，眾仙子因凡間武后的詔諭而使百花盡開，百花仙子又因疏忽而沒有阻止錯誤的發生，犯下了破壞大自然秩序之禍。故在齊聚宴遊之後，百位仙子俱罰往下界投胎去，小說就進入「散」的情節中。在「謫世」又雜揉「轉世」思想色彩之中，被演變爲仙人重新託生於人世的模式，故因罪受謫而下凡的百位花仙在人間是沒有任何法力的，百花仙子託生爲秀才唐敖之女，取名小山，後改名閨臣，其他一百位花仙則化爲凡人分散各地。

一個個的小預示，適足以形成一個個小小的因果循環，這些小循環再密切地聯結成一個大的循環系統：百花仙子從轉心動念之間，即命定得謫入塵世，經歷種種人間孽海的洗煉，方能脫去俗身，重返仙界。這些「結局」和「定數」我們由《鏡花緣》前六回中，可得到完全的訊息，全書可說是絲毫無差地依循著前結構中的預告而上演。李汝珍有意採用「模式化」的寫法，讓女主人翁經歷磨難而後才能完成流散的仙子的任務，百花眾仙下凡是爲了贖罪，在經歷過考驗試煉後就可以重返仙界，形成傳統的「天上罪譴者需要被罰到人間解罪，然後歷劫回歸天上」的循環類型，這種情節發展完全是呼應著「謫譴」的神話主題，反映了民眾的宿命論式的宇宙觀和人生觀。現代學者樂蘅軍以爲「這可能是通俗信仰中『天人交感』的一種文化投射，在許

〔註 9〕 李豐楙：〈暴力敘述與謫凡神話：中國敘述學的結構問題〉，《中國文哲研究集刊》2007 年第 17 卷，第 3 期，頁 153。

多小說中出現的頻繁，幾乎成爲一種『自動性機能』。《鏡花緣》即在這種不完全自覺的意識下，結構了一個『自身完整』的神話，將全書的情節都納入神話結構中，從頭到尾都指向一個統合性目的，成就一個自我完足的神話世界。」〔註 10〕本書巧妙的將許多史實置於神話解釋中，如隋煬帝蒙冤致使武則天降世，以懲罰唐李父子之暴行；枯枝牡丹源於武則天的炙燒等等，將史實擺在命定的神話框架中，爲歷史的脈絡發展作一個前因後果的牽連解釋，憑添了許多浪漫傳奇的色彩。現代學者孫遜：「採用重新託生這樣一種『謫世』模式來構架的小說大致有兩種：一種是作者運用奇特的浪漫手法，想像豐富，大膽誇張，作品仍保留了強烈的神奇色彩；另一種是作者對小說主體部分基本基本遵循現實主義的原則，以平實的寫實手法，寫出具有現實品格的人物。」〔註 11〕《鏡花緣》即屬於前者，在這段由凡返仙的命定天路歷程中，描寫大量的海外奇花異物，增添強烈的浪漫色彩。

（一）恪盡現實努力——「盡人事，聽天命」

《鏡花緣》中的天道觀帶有釋道色彩，貫穿佛教輪迴轉世的觀念及道教謫世的結構，書中的人物命運、情節的發展都依預先設定的「定數」來進行，在第二回中開了楔子：

> 王母暗暗點頭道：「善哉！善哉！這妮子道行淺薄，只顧爲著遊戲小事，角口生嫌，豈料後來許多因果，莫不從此而萌。適才彩毫點額，已露元機。無奈這妮子猶在夢中，毫無知覺。這也是群花定數，莫可如何！」登時歌停舞罷，王母都賞賜果品瓊漿，叩領而去。眾仙宴畢，也就拜謝四散。〔註 12〕

瑤池王母所謂的「群花定數」，可說是作爲本文結構及情節發展相互聯繫的一種手法，一場場天上人間似眞似幻的糾纏圖景就由此開展，因此，不管是百花被謫、心月狐星降生人間即爲武則天或玉碑記事等等，都是天命所定，具有不可抗逆之性，「命」在《鏡花緣》中成爲所有人物生命際遇的設定，然而，書中人物對於天命總是持著順應的態度，由第六回中一段對話可窺見：

〔註 10〕樂蘅軍：〈蓬萊詭戲一論「鏡花緣」的世界觀〉，《鏡裡奇遇記一鏡花緣》附錄，方瑜編（台北，時報文化，1982），頁 301～302。

〔註 11〕孫遜：〈釋道“轉世”“謫世”觀念與中國古代小說結構〉，《文學遺產》1997 年第 4 期，頁 21。

〔註 12〕李汝珍：《鏡花緣》，頁 8。

> 元女道：「仙姑豈不聞『小不忍則亂大謀？』又諺云：『盡人事以聽天命。』今仙姑既不能忍，又人事未盡，以致如此，何能言得天命？早間若聽麻姑之言，具表自行檢舉，並與嫦娥賠罪，此時或仍被謫，所謂人事已盡，方能委之於命。即如下界俗語言：『天下無場外舉子。』蓋未進場，如何言中？就如人事未盡，如何言得天命？世上無論何事，若人力未盡，從無坐在家中就能平空落下，隨心所欲。事來強求，固屬不可，至應分當行之事，坐失其機，及至事後委之于命，常人之情，往往如此。不意仙姑也有此等習氣，無怪要到凡間走一遭了。」〔註 13〕

雖然肯定「命」的存在，但在「聽天命」之前，強調的即是「盡人事」，所謂「天下無場外的舉人」，在人事未盡之前，不得委之於命，擺脫傳統的消極宿命觀念，偏重於「經驗現實界」的努力。眾仙子由仙入凡、再由凡反仙的歷程中，不但以立善修德爲重要途徑，更以破酒、色、財、氣爲重要法門，以百花仙子降世的唐閨臣爲例，其修仙的重要途徑即在於奉行孝道，故兩次千里赴小蓬萊尋父，以孝道入仙道；又如唐敖忠於李唐，故無法於武帝當朝及第，屢次的科舉落榜，最後才委之於命，曰「況命中不能發達，也強求不來的」；唐敖並非謫仙下凡，而是凡人通過修煉達到仙界者，唐敖原想「求仙一事，無非遠離紅塵斷絕六情七欲，一意靜修，自然可入仙道了」，但在路經「夢神觀」時，被神人告知「要求仙者，當以忠、孝、和、順、信、仁爲本」，即修仙要先立德，是以在遊歷海外時將散落異邦的花仙聚集起來，變成爲他得以成仙的重要功德。甚至是天上下凡的唐閨臣、凌霄花仙子顏紫綃在離去紅塵時也不忘勸人積極入世，唐閨臣勸其弟弟「在家要孝親，爲官必須忠君。」〔註 14〕顏紫綃囑「哥哥即到小瀛洲投奔駱承志，日後勤王，立點功業，好謀個出頭之日。」〔註 15〕作者一再強調德行是修仙之本，不論是謫世的仙人，抑或凡人，在人世間皆要恪盡人事上的努力，不僅要以忠孝爲根本，更要參透酒、色、財、氣種種現實面的考驗。作者別出心裁爲武后及武氏兄弟設立了「自誅陣」的酉水、巴刀、才貝、無火四關以對抗勤王，將「酒」、「色」、「財」、「氣」化爲人性的挑戰，凡參不透的將士無一倖免，反觀作爲勤王首

〔註 13〕同前註，頁 28～29。

〔註 14〕同前註，頁 653。

〔註 15〕同前註，頁 655。

領的宋素對這酒色財氣能持之泰然，故入此四陣能毫髮無傷，而大獲全勝，這無非是對於「終善」的一種呼應。《鏡花緣》中的天命觀無關喜劇或悲劇色彩的收場，而是將「命」指向事件的必然性，讓故事的情節缺乏了懸念，然而強調的卻是「命定」外的積極思維：盡人事。一場凡間歷劫復歸仙界的過程中，情節的前因後果之發展是既定的，但無法捉摸的是凡間會遇到的種種不可知的磨練，即所謂「天機不可洩漏」，如在第四十八回中，唐閨臣與陰若花同時在泣紅亭見到載有百花眾仙事蹟的仙碑，在唐閨臣眼中看來都是隨常楷書，在陰若花眼裡卻成了一字不識的小篆蝌蚪文，因此唐閨臣道：「此時姐姐既於碑上一無所見，可見仙機不可洩漏。妹子若要捏造虛言，權且支吾，未免欺了姐姐；若說出實情，又恐洩漏天機，致生災患。」〔註 16〕因此定數觀念決定了此書特有的敘事方法，但既謫為凡人，就必須遵守人世間的秩序，乃以忠孝倫常為修身法則，在經過親身的落實實踐後，才能達到成仙了道的境界，故書中常引孔孟言論，對於儒家經典亦多推崇，代表了作者肯定世間人倫中的支配力量，且可對定數輔而助之，與定數合力而行，亦進一步肯定了追求「理」的經驗落實的思想。

（二）「小蓬萊：泣紅亭白玉碑」——楬櫫「功名前定」的思想主題

許多人對《鏡花緣》一書在提升婦女地位上給予高度的肯定，胡適先生也曾稱讚此書：「幾千年來，中國的婦女問題，沒有一個人能寫的這樣深刻，這樣忠厚，這樣怨而不怒。」〔註 17〕因而稱「《鏡花緣》是一部討論婦女問題的小說」；現代學者呂晴飛也說：「作者著意為婦女揚眉吐氣，為婦女大唱贊歌。在我國小說史上這是破天荒的開山之作。」〔註 18〕甚至有人進一步認為《鏡花緣》是受《紅樓夢》影響之創作，如清人王之春在《椒生隨筆》稱「小說之《鏡花緣》，是欲於《石頭記》外別樹一幟者。」〔註 19〕不難看出《鏡花緣》在女性的題材寫作上是受到矚目的。中國封建社會中一直以來都是男權至上，女性的才華與風采在男權社會往往是被壓抑著，在《鏡花緣》與《紅樓夢》中，作者塑造大量才華洋溢的女性形象，體現出鮮明的才女意識，無

〔註 16〕李汝珍：《鏡花緣》，頁 319。
〔註 17〕胡適：〈鏡花緣的引論〉，頁 421。
〔註 18〕呂晴飛：〈《鏡花緣為》婦女大唱贊歌〉，《北京社會科學學報》1995 年第三期，頁 30。
〔註 19〕王之春：《椒生隨筆》（台北：文海出版社，1975），頁 133。

論在女權地位的提倡上是否有增進、起頭之作用，肯定的是，在男尊女卑的舊時代中，這樣的思想藝術是令人耳目一新的。

《鏡花緣》在第一回中，開宗明義說要為出類拔萃的女性立傳：

> 昔曹大家《女誡》云：「女有四行：一曰婦德，二曰婦言，三曰婦容，四曰婦功。」此四者，女人之大節而不可無者也。今開卷為何以班昭《女誡》作引？蓋此書所載雖閨閣瑣事，兒女閒情，然如大家所謂四行者，歷歷有人，不惟金玉其質，亦且冰雪為心。非素日恪遵《女誡》，敬守良箴，何能至此？豈可因事涉杳渺，人有妍媸，一併使之泯滅？故於燈前月夕，長夏餘冬，濡毫戲墨，彙為一編。其賢者彰之，不肖者鄙之；女有為女，婦有為婦；常有為常，變有為變。……。其中奇奇幻幻，悉由群芳被謫，以發其端，試觀首卷，便知梗概。〔註20〕

開篇述說了他品鑑女子的標準是班昭的《女誡》，《女誡》中宣揚的卻是「三從四德」般的傳統禮教，這是百花眾仙子們內心的依據，因為「女有為女，婦有為婦；常有為常，變有為變。」故《女誡》變成了倫常的定則而具有了定數的性質和作用。在傳統觀念中，總以為女子生而有才，便不會守女戒和婦德，故用「女子無才便是德」之類的教條來加以禁錮。《鏡花緣》中有百位才女雲集，她們博學多才，各有所長，勇於表現才藝的行為已有別於恪守封建倫理道德規範的女性形象；不變的是，她們保有傳統女性溫柔敦厚的德性。不管是醫學、文學、經學的、武學、藝術、游藝……等等領域，都有女子逞才顯能，真可謂人才薈萃，百花爭豔。甚至安排了「女兒國」，在這個國度「男子反穿衣裙，作為婦人，以治內事；女子反穿靴帽，作為男人，以治外事。」〔註21〕男女角色地位互換，顛覆了「男尊女卑」的傳統思想，這樣的安排令人玩味。其設置女試故事，以唐小山為首的一百名女子讀書的目的是為了科舉功名，遵循著男子「學而優則仕」的傳統思維模式，所以在《鏡花緣》中處處強調武則天的作用。《鏡花緣》視武則天為「篡君」，「改唐為周」建立「偽周」，〔註22〕以此確立其非法性及現實性，於是取材《新唐書．徐敬業傳》，設置勤王線索：

〔註20〕李汝珍：《鏡花緣》，頁1。
〔註21〕同前註，頁211。
〔註22〕同前註，頁312。

> 當時中宗在位，一切謹守彝訓，天下雖然太平，無如做人仁慈，不合武太后之意。未及一載，廢爲廬陵王，貶在房州。武后自立爲帝，改國號周，年號光宅，自中宗嗣聖元年甲申即位，賴唐家一點庇蔭，天下倒也無事。無奈武后一味尊崇武氏弟兄，荼毒唐家子孫。那時惱了一位豪傑，是英國公徐績之孫徐敬業，在外聚集英雄，同駱賓王做了一道檄文，佈告天下，以討武后。武后即發強兵三十萬，命李孝逸率領眾將征剿。徐敬業手下雖有兵十萬，究竟寡不敵眾，兼之不聽魏思溫之言，誤從薛仲璋之計，以致大敗虧輸。

小說以此生發由徐承志等勤王志士和眾才女推翻武則天「僞周」、恢復李唐王朝的故事，因此在《鏡花緣》中，李汝珍依恃六經爲其信守的泉源和價値判斷的根據，品評武則天是篡逆的惡婦，而非如胡適所言「《鏡花緣》裡對於武則天只有褒詞，而無謗語：這是李汝珍的過人卓識。李汝珍明明是借武則天皇帝來替中國女子出氣的。」〔註23〕在書中武則天與眾才女之間最大的聯繫，乃因武后開設了女科考試，使天下女子有了和男子一樣得以參加科舉考試的權利，也因如此，眾才女才能夠在京城相聚，再進入由凡返仙的歷程。

《鏡花緣》設置的女試，其實是作者功名情結在幻滅中的自我慰藉。唐小山爲了尋父，來到了「小蓬萊」山中，其內有「鏡花嶺」，「鏡花嶺」旁有一「水月村」，「水月村」裡有「泣紅亭」，亭內柱上寫的是「鏡花水月」，白玉碑上揭示的即是「天榜」，這樣的安排早在第一回中借仙界眾仙子之口隱約道出：

> 百草仙子道：「小仙聞海外小蓬萊有一玉碑，上具人文，近日常發光芒，與魁星遙遙相映，大約兆應玉碑之內。」……。百草仙子道：「此碑內寓仙機，現有仙吏把守，須俟數百年後，得遇有緣，方得出現。此時機緣尚早，我們何能驟見？」……。百草仙子道：「現在魁星既現女像，其爲坤兆無疑。況聞玉碑所放文光，每交午後，或逢雙日，尤其煥彩，較平時迥不相同。以陰陽而論，午後屬陰，雙亦屬陰，文光主才，純陰主女。據這景象，豈但一二閨秀，只怕儘是巾幗奇才哩！」百花仙子道：「仙姑所見固是，小仙看來，即使所載竟是巾幗，設或無緣，不能一見，豈非鏡花水月，終虛所望麼？」〔註24〕

〔註23〕胡適：《章回小說考證》（上海：上海書店，1979），頁550。
〔註24〕李汝珍：《鏡花緣》，頁2～3。

記載百花仙子的玉碑是一個超越時空的載體，它是眞實的，又是虛幻的，成爲定數結構中的一個重要道具。這是要「數百年後」且要「有緣」才得見到的玉碑，卻在第一回中已經預見。到第四十八回，鏡花嶺水月村的泣紅亭白玉碑上應驗了上述對話，從碑文上看到百名淪降紅塵的才女的命運，也閱讀著一位李唐天朝探花悲不可言的心聲。在李汝珍筆下，除了登昇小蓬萊的唐敖看破一切，連回到塵世的勇氣也被消磨殆盡，立下尋仙訪道的心願，連那一百個才女，甚至君臨大唐帝國的武則天都不過是人間的匆匆過客，她們在塵世的一切活動，實際上只是爲回到冥冥天國所做的一段努力。

作者在第四十八回中，借《泣紅亭》主人的碑記透露了創作意圖：「蓋主人自言窮探野史，嘗有所見，惜湮沒無聞，而哀群芳之不傳，因筆志之。」作者直接表露了對眾女子憐惜、哀悲的情感，也表現了對女性的深切關懷。而「鏡花水月」的空幻無常，不僅是對群芳命運的嗟嘆，亦是對芸芸眾生的感喟。《鏡花緣》中的男主人公唐敖，屢次應試，仍是一領清衫，好不容易年過半百才考上「探花」，卻因被告發「與逆叛結盟，究非安份之輩」，而被「革爲秀才」；至於才女們，早在考試之前就已由魁星點額，「天榜」已注定。由此得見，在《鏡花緣》中，功名是由天命和帝王好惡所左右，非取決於眞才實學，而成爲鏡花水月，這是一介平民如唐敖者內心的感嘆，亦是身在清中葉卻試途不遂的李汝珍內心的吶喊，眾才女也只是李汝珍通經致用理想和功名幻滅後自我慰藉的幻影，因此發出「即使所載竟是巾幗。設或無緣，不能一見，豈非鏡花水月，終虛所望嗎？」的虛幻感嘆，也是補天無力，夢醒無路的現實把他推向了虛幻的世界中，才能獲得精神、心靈的解脫。

（三）肯定尊卑階級合理性的倫常觀

在封建社會裡，傳統禮教要求女子從一而終，所謂「餓死事小、失節事大」，但對於男子三妻四妾以至於嫖妓作樂卻被看成是天經地義。在李汝珍的筆下，尊卑階級不是取決於男女性別，其認爲「男尊女卑」正如「女尊男卑」，都是不合理的。作者在兩面國中安排了顛覆「男尊女卑」傳統的情節，那位強盜的妻子理直氣壯地質問想納妾的丈夫道：「假如我要討個男妾，日日把你冷淡，你可歡喜？」並直斥納妾是一種「強盜行爲」，原該「碎屍萬段」。作者還讓這位剽悍婦女訓夫，將「只知有己，不知有人」的強盜丈夫打了幾十大板！無疑是對男權至上的傳統的一大鞭笞。在《鏡花緣》中，是肯定有尊卑階級的，但不是由性別所決定。《鏡花緣》的結構是複雜、多重的，但總體的架構乃建築在一個心月狐謫降爲武則天和百花因罪獲貶下凡的因緣結構上。故事一開頭：心月狐臨凡成爲下界的武后，因爲賞雪飲酒，一時的興起，竟下詔：「明朝遊上苑，火速報春知。花須連夜發，莫待曉風催」，這道諭旨傳回上界，「洞主」即「百花仙子」只顧與麻姑著棋，渾然不知下界皇帝忽有一旨，惹得留守的牡丹仙子急得像熱鍋上螞蟻，此時桃花即打算先去應旨，楊花亦暗自同意，蘭花卻說：「況時値隆冬，概令群花齊放，未免時序顚倒。雖皇皇聖諭，究竟於理不順，即使違誤，諒難加罪。」桂花、梅花、菊花、蓮花皆表同意。然而楊花、蘆花、藤花、蓼花、萱花、葵花、蘋花、菱花八位仙子齊聲道：「我等忝列群芳，質極微賤，道行本淺，位分又卑，既乏香豔之姿，兼無濟世之用，何能當此違旨重譴？一經被謫，區區微末，豈能保全？再四斟酌，不能不籌且顧眼前之計。此時業經交醜，那旨內說，莫待曉風催。轉瞬就要發曉，我們惟有各司本花，先去承旨。」〔註25〕在功曹相繼來催後，眾仙姑十之八九都承旨去了，洞中只剩下桂花、梅花、菊花、蓮花、海棠、芍藥、水仙、臘梅、玉蘭、杜鵑、蘭花，共十一位仙子，只得勉強一同去了，惟有牡丹仙姑所司之花遲遲不接旨，最後在武后命人以炭火炙枯，且下最後通牒：「一交午時，如再不開，立將各處牡丹一總掘起，用刀斧搥爲齏粉。那時朕再降旨，令天下盡絕其種。」不得不去應旨。號爲花中之王，深得女皇澆灌嬌寵的牡丹仙子，竟被斥爲「負恩昧良，莫此爲甚」，立刻炮烙加身，要盡絕其種。書中借上官婉兒之口將花分師、友、婢三類，即界分上、中、下品：

> 公主道：「聞得向來你將各花有『十二師』、『十二友』、『十二婢』之稱，不知何意？此時主上正在指撥宮人炮製牡丹，趁此無事，何不將師、友、婢的寓意談談呢？」上官婉兒道：「這是奴婢偶爾遊戲，倘說的不是，公主莫要發笑，所謂師者，即如牡丹、蘭花、梅花、菊花、桂花、蓮花、芍藥、海棠、水仙、臘梅、杜鵑、玉蘭之類，或古香自異，或國色無雙，此十二種，品列上等。當其開時，雖亦玩賞，然對此態濃意遠，骨重香嚴，每覺肅然起敬，不啻事之如師，因而叫作『十二師』。他如珠蘭、茉莉、瑞香、紫薇、山茶、碧桃、玫瑰、丁香、桃花、杏花、石榴、月季之類，或風流自賞，或清芬宜人，此十二種，品列中等。當其開時，憑欄拈韻，相顧把杯，不獨藹然可親，眞可把袂共話，亞似投契良朋，因此呼之爲『友』。至

〔註25〕以上引自李汝珍：《鏡花緣》，頁17。

如鳳仙、薔薇、梨花、李花、木香、芙蓉、藍菊、梔子、繡球、罌粟、秋海棠、夜來香之類，或嫣紅膩翠，或送媚含情，此十二種，品列下等。當其開時，不但心存愛憎，並且意涉褻狎，消閒娛目，宛如解事小鬟一般，故呼之爲『婢』。」〔註26〕

若楊花等九位仙子不先去應旨，武則天酒醒後也只不過後悔自己的糊塗，也不至於罪及百花眾仙子，故楊花、蘆花、藤花、蓼花、萱花、葵花、蘋花、菱花、桃花可謂這次貶謫事件的始作俑者，因此，最後被迫應旨的十二種花自然被評爲上品，此十二種花貴在有是非判斷的能力，有據「理」力爭的能力，故能成爲「師」的對象；連上界的神仙都有尊卑等級之分，遑論凡間塵世中的凡夫俗子。這裡的花實際上就是指婦女，因爲在書中花與女是合一的，也就是說，女子天定分三等，在後來天榜中，最後應旨的十二種花皆在前列：第十二名牡丹花，第十五名蘭花，第十六名菊花，第十八名蓮花，第十九名梅花，第二十名海棠花，第二十一名桂花，第二十三名芍藥花，第二十九名杜鵑花，第三十名玉蘭花，第三十一名臘梅花，第三十二名水仙花。反觀那些率先應旨，稱自己「質極微賤，道行本淺，位分又卑」的仙子皆列於最後：第九十二名藤花，第九十三名蘆花，第九十四名蓼花，第九十五名葵花，第九十六名楊花，第九十七名桃花，第九十八名蘋花，第九十九名菱花，第一百名百合花。和這九種花對應的九位女子大多地位都較低，如第九十六名楊花仙子「蘇亞蘭」與第九十九名「花再芳」都是鄉宦女兒，第九十五名「崔小鶯」更是文家乳母之女，地位更加卑賤，雖然武則天在開女科的詔書中，明文規定「出身微賤者」不准入考，但百名才女中不乏是一般出身，甚至平民百姓，故在三等才女身上，可看到當代科舉傳統的門第取向，但作者強調的是才女們的「才學」及「德性」，其尊卑乃以品性的好壞和才學的有無來決定，這種強調學與德的客觀實踐、具體作用的思維，不難跟清代重智主義的道德觀有所關聯。從另一個方向來看，作者如此安排，連仙界都有尊卑之分，天界各司之神都遵循著自然秩序的運行，對應到凡間，人間的一切現象亦取定於天界，滾滾紅塵中的尊卑階級亦是命定安排，每個人都該順應這樣的倫常，所謂「《禮》者，三千之本，人倫之至道」，〔註27〕因爲天道的定數並非盲目捉弄人，而人世間的人倫中所產生的支配力量正可輔助定數，與定數合

〔註26〕李汝珍：《鏡花緣》，頁20～21。
〔註27〕同前註，頁347。

力而行，這樣的秩序是不容破壞的，大千世界的秩序才得以有所適從。

二、「因緣」釋命的邏輯性

在《鏡花緣》中，其定數觀念還強烈的表現在「緣」的聯繫筆法上，不管是「宿緣」、「姻緣」，抑或「機緣」、「塵緣」，都是定於一個不可洩漏的「仙機」中，情節中充滿著濃厚的天命、命定思維，再以「緣」爲聯繫，使故事得以推衍，讓情節更具邏輯性及合理化，《鏡花緣》依緣來釋命，除了是命定思維的展現，亦是對人世間如同「鏡花水月」的呼應。

（一）論「緣」的多樣面貌

《鏡花緣》的故事發始於一個不可洩漏的「仙機」，「仙機」寓含著定數，不論仙界之仙子或凡界之凡夫俗子都需順應這樣的安排，而透過「緣」的引導、串連，往往使情節得到了轉折，靠著機緣的指引，讓書中的主角人物完成歷劫返仙的過程。

在《鏡花緣》中，就其字面而言，有許多種的「緣」，其中以百草仙子化爲道姑點化唐小山的一段話最耐人尋味：

> 道姑道：「今日相逢，豈是無緣？不但有緣，而且都有宿緣；因有宿緣，所以來結良緣；因結良緣，不免又續舊緣，因續舊緣，以致普結眾緣，結了眾緣，然後才了塵緣。」說罷，將花籃擲上船頭道：「可惜此稻所存無多，每人只能結得半半之緣。」〔註28〕

除了宿緣、良緣、舊緣、眾緣、塵緣、半緣外，尚有講姻緣、天緣、仙緣之處。綜言之，約可將「緣」區分爲下列幾種性質：

（1）具時間特質，可聯繫前世今生——此「緣」乃屬於舊緣、前緣之類，出現如下例：

> 他這「百花」二字，我一經入耳，倒像把我當頭一棒，只覺心中生出無限牽掛。莫非「百花」二字與我有甚宿緣？〔註29〕

> 他是百介山人，貧道乃百鱗山人。今因閒遊，路過此地，不意解此煩惱，莫非前緣，何謝之有！〔註30〕

〔註28〕李汝珍：《鏡花緣》，頁340。
〔註29〕李汝珍：《鏡花緣》，頁292。
〔註30〕李汝珍：《鏡花緣》，頁298。

我們萍水相逢，莫非有緣！……今日相逢，豈是無緣？不但有緣，而且都有宿緣。〔註31〕

這樣的「緣」定於未可知的過往，而把今日的遇或不遇歸咎於此「緣」的和合與否。

（2）具空間特質，可貫穿仙凡二界——此乃本書之特色，因爲情節穿越仙凡二界，亦實亦虛，故需以「緣」聯繫上下二界：

此碑內寓仙機，現有仙吏把守，須俟數百年後，得遇有緣，方得出現。此時機緣尚早，我們何能驟見？〔註32〕

俟仙姑歷過各國，塵緣期滿，那時王母自然命我等前來相迎，仍至瑤池，以了這段公案。此是仙機，我等竊聽而來，萬萬不可洩漏。〔註33〕

我今到此，原因當日紅孩大仙有言，意欲相效微勞，解脫災患，庶不負同山之誼；誰知無緣，竟不能同在。〔註34〕

明明都是楷書，爲何到了姐姐眼裏，卻變作古文？世間竟有如此奇事？怪不得姐姐說我認得蝌蚪文字，原來卻是這個緣故。以此看來，可見凡事只要有緣：妹子同他有緣，所以一望而知；姐姐同他無緣，因此變成古篆。〔註35〕

以上所出現之「緣」，都是定於一個不可洩漏的「仙機」中，此「緣」能圓滿顯現與否，完全繫於上界的「仙機」裡，也成爲《鏡花緣》整個故事情節推演的最大依據。

（3）具實現成分，可扭轉現實成敗——這樣的「緣」強調可以改變現狀：

人若服了，皆能入聖超凡。且喜多、林二人俱未同來，今我得遇仙草，可謂有緣。……今日又被唐兄遇著，眞是天緣湊巧。〔註36〕

女兒曾與薛蘅香姐姐拜爲異姓姊妹，並在神前立誓，無論何人，倘有機緣得歸故士，總要攜帶同行。〔註37〕

〔註31〕李汝珍：《鏡花緣》，頁338～340。
〔註32〕李汝珍：《鏡花緣》，頁2。
〔註33〕李汝珍：《鏡花緣》，頁28。
〔註34〕李汝珍：《鏡花緣》，頁293。
〔註35〕李汝珍：《鏡花緣》，頁318。
〔註36〕李汝珍：《鏡花緣》，頁47～48。
〔註37〕李汝珍：《鏡花緣》，頁53。

原來紅蕖姐姐候叔叔海外回來。如遇恩赦，即隨太公同回家鄉，因此來約侄女做伴，以候機緣。〔註38〕

前有異人，曾言此女必須投奔外邦，如遇唐氏大仙，或可冀其長年。今遇大賢，雖傳秘方，奈無此藥；失此良緣，豈有病痊之日？〔註39〕

倘舅兄五行有救，自然機緣湊巧，河道成功；如光景不佳，不能結局，即煩九公將船上貨物饋送鄰邦，求其拯救：只此便是良策。〔註40〕

靈芝原是仙品，如遇有緣，自能立登仙界；若誤給貓狗吃了，安知不生他病？〔註41〕

能否入聖登仙，能否病癒得救，完全依恃於「緣」之上，具有扭轉情節的力量，也讓一切的轉變得到一個合理的解釋。

李汝珍直接在《鏡花緣》上以「緣」爲名，《鏡花緣》中安排的「緣」，指「仙緣」——花仙之緣，是天定、前定的，故事雖是虛構，但是對於命名之下的才女，則可從不凡的「出身」，印證如何在人間「修行」。這是謫凡神話被進而結合於命緣說的結構。透過「緣」，來綰合不同的時空背景，穿越仙凡二界，也可用以改變現實，爲情節安排上提供自足自爲的依據，因此《鏡花緣》在情節上並沒有劇烈的動作和懸念，利用「天人之緣」的基本架構：百花眾仙謫降爲百名才女，來展開其敘事結構，故事整體上帶著神秘性，故「緣」的觀念成爲其定數書寫的重要表現。

（二）「世如鏡中花，虛實皆因緣」——《鏡花緣》命題意涵

《鏡花緣》在首回即出現「即使所載竟是巾幗，設或無緣，不能一見，豈非『鏡花水月』，終虛所望麼？」點出「鏡花水月」四字；並且在故事中安排了「鏡花嶺」、「水月村」，在刊登天榜的泣紅亭中有一匾，上寫四個大字：「鏡花水月」，再再都是暗中點題的關鍵。

「鏡花水月」原是佛家語，明謝榛《四溟詩話》卷一曰：「詩有可解，不可解，不必解，若水月鏡花，勿泥其跡可也。」〔註42〕即水中之月非眞月，鏡中之花非眞花，皆是虛幻景象，所以不必執意追求，拘泥其中。

〔註38〕李汝珍：《鏡花緣》，頁181。
〔註39〕李汝珍：《鏡花緣》，頁196。
〔註40〕李汝珍：《鏡花緣》，頁228。
〔註41〕李汝珍：《鏡花緣》，頁291。
〔註42〕謝榛：《四溟詩話》，錄自《叢書集成初編》（北京：中華書局，1985），頁12。

李汝珍以「鏡花」爲書名，其實爲了表達這趟由仙謫凡歷經千迴百轉終歸要重返天庭的路程，乃「終虛所望」，有如「鏡花水月」，因爲一切的情節、歷程都是天定的，帶著「仙緣」的成分，故人間世事如鏡花水月般虛幻。《鏡花緣》的基本架構在首回開端即點明：「其中奇奇幻幻，悉由群芳被謫，以發其端。」而「群芳被謫」後的命運卻被「群花定數」所支配著，不論是尋找海外十二名花，或是反周勤王的線索，甚至歷劫返仙的過程，都是依恃著「緣」，這樣的「緣」豈不是如「鏡花水月」般的渺茫虛幻？再者，《鏡花緣》中設置女試故事，群花仙子取得人世間功名的際遇，對照於原已考中探花卻被革爲秀才而功名蹭蹬的唐敖，無疑是作者功名情結在幻滅中的自我慰藉，也寄寓著功名如「鏡花水月」的感慨。除此之外，「鏡花水月」更提升到對人生的感嘆：

> 人生在世，千謀萬慮，賭勝爭強，奇奇幻幻，死死生生，無非一局圍棋；只因參不透這座迷魂陣，所以爲他所誤。〔註 43〕

百花仙子因與麻姑下棋誤了事，被貶謫下凡成爲唐小山，其在泣紅亭碑上的天榜判詞曰「只因一局之誤，致遭七情之磨」，而人生就像迷魂陣，作者設計了酒色財氣四關，所有的世俗功名欲望如同鏡花水月，若是衝不破而執著其中，就像是水中撈月，一切皆是幻化成空。在海外遊歷中，作者發揮瑰麗雄奇的想像，從《山海經》中翻奇出新，創造了諷諭性強烈的誇張人物或動植物，如「所食之物直通過，主人往往將未腐臭的糞流與僕婢下頓之用」的「無腸國」，藉以諷刺富人對婢僕的刻薄，又如「狀如人身，滿口豬牙，額上刺有不孝二字」的「不孝鳥」等等，在現實中不可能出現的人種、奇禽異獸，卻都在《鏡花緣》中栩栩如生，想來不過眞是「鏡花水月」一般，藉著這些鏡中花、水中月來提醒世人渾然不覺的世態人情，也展示了作者對理想社會的追求，如君子國、大人國，但一樣是「鏡花水月」般虛幻、不可得。

第二節　積極勸善的因果報應主張

《鏡花緣》表現定數觀念的另一手法乃在「因果報應」上。從大處著眼，百花仙子與心月狐的謫世、轉世，即建築在因果論的框架中：心月狐因「令一天魔下界，擾亂唐室」而「思凡獲遣」託生爲帝，百花仙子從遇見魁星女

〔註 43〕李汝珍：《鏡花緣》，頁 621。

像而凡心私動，又因在王母宴上與嫦娥口角打賭而被頂上點了一筆，成爲群花定數，因此下凡成爲必然。在下界，武則天成爲一再間接或直接扮演著聚集百位才女的主要動力，這也是因果前定，而武則天則因「造孽多端」，且擾唐朝之期已了，所以中宗復位得以成功，此皆定數、因果報應使然。此外，在海外遊歷中，善惡果報的題材甚爲廣泛，在各種場合、各種對話中穿插善惡果報論，將因果報應與善惡緊密聯繫在一起，以期達到勸善戒惡的效果，臻於成善的實境中，亦是強調「終善」觀念的落實。

一、「善有善報，惡有惡報」的善惡觀——從「海外遊歷」、「科舉中榜」探究

在《鏡花緣》中，善惡果報無所不在於人們的生活中，尤其在海外遊歷中，例子屢見不鮮，其中以「虎豹吃人」一段最爲精采：

> 多九公搖頭道：「虎豹豈敢吃人！至前生造定，更不足憑。當日老夫曾見有位老翁，說的最好。他說：『虎豹從來不敢吃人，並且極其怕人，素日總以禽獸爲糧，往往吃人者，必是此人近於禽獸，當其遇見之時，虎豹並不知他是人，只當也是禽獸，所以吃他。』人與禽獸之別，全在頂上靈光。禽獸頂上無光，如果然之類，縱有微光，亦甚稀罕。人之天良不滅，頂上必有靈光，虎豹看見，即遠遠回避。倘天良喪盡，罪大惡極，消盡靈光，虎豹看見，與禽獸無異，他才吃了。至於靈光或多或少，總在爲人善惡分別。有善無惡，自然靈光數丈，不獨虎豹看見逃竄，一切鬼怪莫不遠避。即如那個果然，一心要救死然回生，只管守住啼哭。看他那般行爲，雖是獸面，心裏卻懷義氣，所謂獸面人心，頂上豈無靈光？縱讓大蟲覿面，也不傷他。大蟲見了獸面人心的既不敢傷，若見了人面獸心的如何不啖？世人只知恨那虎豹傷人，那知有一緣故。」〔註44〕

虎豹不吃善人，只吃禽獸，喪盡天良之人有如禽獸般頂上無光，虎豹視與禽獸無異，便把他吃了；反之，心懷義氣、獸面人心的大蟲，虎豹卻不敢傷，虎豹端看「靈光或多或少」，而這樣的靈光顯現乃是「爲人善惡分別」，所以即使是整日吃齋念佛之人，卻做出忤逆父母、淫人妻女、壞人名節、因一念之差害人

〔註44〕李汝珍：《鏡花緣》，頁54。

性命等情事，仍會被老虎所吃，畢竟小善不能抵大惡，因此得到「爲人心地最是要緊」的結論。善惡果報不僅應驗在人身上，連動物都能知恩報恩，唐敖一行人在元股國因聞啼哭聲而心生不忍，上前搭救並放生的人魚，一路尾隨，在厭火國看見唐敖等人所搭之船被烈火攻擊，人魚個個口內噴水，適時解決了危機，報了前恩。再者，善惡果報是會經過冥間審判、經過輪迴的，所謂「不是不報，時候未到」，人人皆生一張豬嘴的「豕喙國」，其由來乃是：

> 只因三代以後，人心不古，撒謊的人過多，死後阿鼻地獄容留不下；若令其好好托生，恐將來此風更甚。因此冥官上了條陳，將歷來所有謊精，擇其罪孽輕的俱發到此處托生。因他生前最好扯謊，所以給一張豬嘴，罰他一世以糟糠爲食。世上無論何處謊精，死後俱托生於此，因此各人語音不同。其嘴似豬，故鄰國都以豕喙呼之。〔註45〕

生前爲非作歹，留待死後被審判、下地獄，甚至下輩子被罰長出一張豬嘴，都是善惡果報對人心的箝制作用，也達到懲惡揚善的效果。反之，若能作善事必能獲善報：

> 世間行善的自有天地神明鑒察。若把藥方刊刻，做了若大善事，反要吃苦，斷無此理。若果如此，誰肯行善？當日於公治獄，大興駟馬之門；竇氏濟人，高折五枝之桂；救蟻中狀元之選；埋蛇享宰相之榮。諸如此類，莫非因作好事而獲善報，所謂：「欲廣福田，須憑心地」。〔註46〕

多九公之曾祖父因孝心感天而獲神仙妙方，多九公家中男丁也賴此方以維生，唐敖勸其將此方刊刻流傳以造福眾生，所用之理由乃是「善有善報」，故曰「況令郎身入黌門，目前雖以舌耕爲業，若九公刻了此方，焉知令郎不聯捷直上？那時食了皇家俸祿，又何須幾個藥資爲家口之計呢？」果然到了歧舌國，果報就應驗了：

> 小弟彼時就說：「人有善念，天必從之。」果然到了歧舌，就有世子王妃這些病症，不但我們叨光學會字母，九公還發一注大財。可見人若存了善念，不因不由就有許多好事湊來。

積極的勸人從善，是中國歷來的傳統，也寓涵作者正人心、厚風俗的正面意義。

〔註45〕李汝珍：《鏡花緣》，頁174。
〔註46〕同前註，頁177。

甚而言之，德行的好壞也成爲科舉中榜與否的條件，在第63回「論科場眾女談果報」中明示之：

> 妹子聞得古人言：「科場一道，既重文才，又要福命。至德行陰騭，尤關緊要，若陰騭有虧，縱使文命雙全，亦屬無用。」以此而論，可見陰騭德行，竟是下場的先鋒。〔註47〕

德行陰騭成爲奠定功名成就的根本，若平時有修善德，即打下了成功的基礎，如唐閨臣所言：「此人若果處處行善，一無虧缺，上天自能護佑善人。」果然，當緇瑤釵上京應考，卻忘缺證明身分之文書，眼看不能應試，而啼哭不已，唐閨臣細問之下，猛然發現乃與去年爲幫人捏造身分應考而取的姓字恰好相同，甚至連鄉貫、年歲都一模一樣，又恰巧無意中將這份赴試文書帶在身上，冥冥之中有一種主宰，一種定數，果然「上天自能護佑善人」，也讓緇瑤釵順利應試且能高中。由此觀之，《鏡花緣》以善惡果報來肯定天命、強調因果，如此一來在思想上有所侷限，但卻是定數書寫的一種手法。

（一）即氣論性的善惡觀——「雲由足生、色隨心變」

從因果報應、謫仙線索中，可見《鏡花緣》中的天道觀雜揉了道家與佛家的思想，在勸善懲惡的基調中，卻處處都有陰陽氣化的著墨痕跡，不難讓人與「明清氣學」及清代乾嘉義理學做聯想。

承前所論，「明清氣學」乃站在「氣本論」上做推衍，肯定「氣」就是道、就是本體，進一步將它擴大到人性論上，即所謂「即氣論性」：

> 明清氣性論則雖立足在「即氣說性」之生理基礎上，卻同時收攝了人之思想意識與道德情操等道德價值、普遍而超越的理性於其中。……，所以其氣化出發，主要就是用以說明「性」之有無緣於「形氣」之聚散。〔註48〕

氣聚而成象，而生萬物；氣散則歸於太虛。然而聚與散都是氣、都是有，而人與萬物都是源於氣，而性就是氣化中所顯現的條理，王夫之對此亦有所詳論：

> 質者性之府也，性者氣之紀也，氣者質之充而習之所能御者也。然則氣效於習以生化乎質，而與性爲體，故可言氣質中之性，而非本然之性以外別有一氣質之性也。質以氣紀而與氣爲體，質受生於氣，

〔註47〕同前註，頁415。

〔註48〕業師張麗珠：《清代的義理學轉型》，頁376。

> 而氣以理生質。〔註49〕

船山將「氣」、「質」、「性」三者分立，認爲人的形質或或形體乃源於太虛，即氣也，故曰「質受生於氣」；當「質」在受生的同時，「氣」就給予了「性」，故云「質者性之府也」；而所謂「性者氣之紀」，即指「性」是氣化中所顯的條理，打破了宋儒一分爲二、分屬形上形下的「天地之性」與「氣質之性」的界線，開起「氣質之性」亦是天命之性的命題。清人戴震進論「血氣心知者，分於陰陽五行而成性者也，故曰天命之謂性。」〔註50〕即言血氣稟受陰陽五行之氣而成性，此乃自然之性，其曰「善，其必然也；性，其自然也。歸於必然，適完其自然。」〔註51〕肯定氣質之善，並進而肯定了「情性」，強調「善」在經驗現實界的落實實踐。

「氣」在中國哲學思想中，約可分成下列幾類：

> 是以作爲哲學概念的「氣」，除了諸如空氣、氣息、烟氣、蒸氣等常識性指稱，以及可以指獨立於人類意識外、客觀實在現象的「形氣」以外；它還包括了運動性的無窮運化——「神氣」的概念。……，更廣義地說，舉凡一切現象甚至精神境界，也都可以稱之爲「氣」。〔註52〕

「氣」之聚，可生萬物，此爲「有」；「氣」之散，即「太虛」，亦爲「有」，不同於道家「太虛爲無」的觀念，清人受此「氣化」思想的浸化不淺，亦多能接受這樣的論點。

李汝珍在《鏡花緣》中多處以「氣」來展現人性的善惡，或許是受上述觀點之點化。在上界的神仙境地中，「氣」的顯現往往帶著徵兆，茲舉數例說明：

> 近來每見斗宮紅光四射，華彩騰霄。今以變相出現，又復紫氣毫光，徹於天地。如此景象，下界人文，定卜其盛。〔註53〕

> 況聞玉碑所放文光，每交午後，或逢雙日，尤其煥彩，較平時迥不相同。以陰陽而論，午後屬陰，雙亦屬陰，文光主才，純陰主女。

〔註49〕王夫之：《讀四書大全說・陽貨篇》卷七（台北：河洛圖書出版社，1974），頁469。

〔註50〕戴震：《孟子字義疏證・誠》卷下，頁9。

〔註51〕戴震：《孟子字義疏證・道一》卷下，頁5。

〔註52〕業師張麗珠：《中國哲學史三十講》，頁428。

〔註53〕李汝珍：《鏡花緣》，頁2。

〔註 54〕

這個白猿，上有靈光護頂，下有彩雲護足，乃千年得道靈物，一轉眼間，即行萬里，咱妹子從何追趕？〔註 55〕

可見仙界總是紅光紫氣圍繞，仙人騰雲駕霧縱橫於瑤池之中，仍是依恃著陰陽乾坤之氣化運行。氤蘊於宇宙之中的「氣」是無所不在的，由天象亦可觀得「氣」之變化，如一群起義反武氏之徒即藉天象來剖析國家運勢，在五十七回中有段描寫：原以爲武氏氣數已盡，因「心月狐光芒已退」，然「近來忽又吐出一道奇光，紫微垣被他這光壓住」，而這道奇光乃是因武后發了恩詔，救了許多人命，於是「世間許多抑鬱悲泣之聲，忽然變了一股和藹之氣，如此景象，安有不上召天和」，此乃奇光出現之由，而對照天上的星象，發現「隴右地方，似有刀兵之象；但氣象衰敗，必主失利」，果不久傳來隴右史氏起兵失利之消息，應證了天象與氣化現象的相關性。

在海外遊歷中，李汝珍安排了將善惡以色彩之氣顯現於外的國度——大人國，此國之人皆乘雲而走，而此雲乃由足生，其雲彩有各種顏色，「以五彩爲貴，黃色次之，其餘無所區別，惟黑色最卑」，其色全由心生，總在行爲善惡，不在富貴貧賤。所謂「胸襟光明正大，足下自現彩雲」，「滿腔奸私暗昧，足下生黑雲」，於是可見乞丐足登彩雲、官員腳生黑雲之奇特現象，因爲「雲由足生，色隨心變，絲毫不能勉強。」頭戴烏紗帽的官員，暗中做了虧心事，瞞得了人，這雲卻不留情在腳下生出晦氣色，幸好這雲會「色隨心變，只要痛改前非，一心向善，雲的顏色也就隨心變換」，故該國「國人皆以黑雲爲恥，遇見惡事，都是藏身退後；遇見善事，莫不踴躍爭先，毫無小人習氣，因而鄰邦都以大人國呼之。」形成人人爭先恐後從善、向善的道德風尚，而這種道德風尚的形成，即成爲大人國的特殊標誌。由此得見：人的尊卑不以地位的高低和財富的多寡來決定，而是取決於德性的好壞。作者用黑雲來取代道德、法令，企圖以此改變社會風氣。這樣的想象既奇特，又單純。德性的好壞可以藉由雲彩的顏色來判定，將善惡的判決加上了陰陽氣化的色彩，然而非大人國之民，雖然腳下不會生黑雲，但「世間那些不明道德的，腳下雖未現出黑雲，他頭上卻是黑氣衝天，比腳下黑雲還更利害」，而世人頭上的黑氣你我雖見不得，然「老天卻看的明白，分的清楚。善的給他善路走，惡的給

〔註 54〕李汝珍：《鏡花緣》，頁 2。
〔註 55〕李汝珍：《鏡花緣》，頁 364。

他惡路走」，〔註 56〕爲非作歹、惡貫滿盈的世人，會「相由心生」，也會「氣由心生」，頭上冒出滾滾黑氣，終究逃不過上天的制裁，所謂「舉頭三尺有神明」，無疑是對社會上看似道貌岸然、故作清高，卻私下爲非作歹的假道學者之一大當頭棒喝。

另者，在行經丈夫國途中，被陣陣果香迷惑，有李、桃、棗、橘四類，經不起誘惑，眾人吃下藏著酒母的果實後，一陣天旋地轉，成爲妖怪們的俘虜，幸經道姑搭救，將此些男女妖精打回原形，四處逃竄，等眾人甦醒後，道姑即曰：

> 此核雖非異種，但俱生於周朝，至今千有餘年。李核名叫攜李，當初西施因其味美，素最喜食；桃核雖非仙品，當年彌子瑕曾以其半分之衛君；橘核，昔日晏子至楚，楚王曾有黃橘之賜；棗核名喚羊棗，當日曾晳最喜。這四核雖是微末廢物，因昔年或在美人口中受了口脂之香，或在賢人口內染了翰墨之味，或在姣童口邊感了龍陽之情，或在良臣口裏得了忠義之氣，久而久之，精氣凝結，兼之受了日精月華，所以成形爲患。今遇貧道，也是他氣數當絕。

安排了四怪：李怪、桃怪、棗怪、橘怪，此四怪生於先秦，已修練千年，而四怪之成形，分別集氣於美人、賢人、姣童、良臣之口，再吸收日月精華而成，然而當四怪被打回原形時，只見西施、彌子瑕之形狀，餘二者乃面如黑棗、臉似黃橘，眾人不解，道姑於是道：

> 西施、彌子瑕俱以美色蠱惑其君，非正人可比，故精靈都能竊肖其形。至曾晳、晏子，身爲賢士，名傳不朽，其人雖死猶生，這些精靈，安能竊肖其形？所謂邪不能侵正。故棗怪面如黑棗，橘怪面如黃橘。任他變幻，何能脫卻本來面目！

賢人、良臣等正人君子因正氣凜然，有忠義之氣，故妖怪精靈即使經過千年修煉仍無法竊其形目，此所謂「邪不侵正」，這樣的安排亦是發揮即氣論性的善惡觀，而將它化爲充滿豐富想像力的文學題材實屬特別。

（二）強調「上天自能護佑善人」的外在制約力量

《鏡花緣》中一再強調上天對於善惡果報的制約力量，在二十七回中明示「世間行善的自有天地神明鑒察」，讓天地神明具備制裁的威權。仙界百花

〔註 56〕本段所引詳見李汝珍：《鏡花緣》，頁 79～80。

被謫下凡，有十二名花謫於海外，故作者安排唐敖在遊歷海外時，不期然的尋得。與這十二名花的相遇往往是因難搭救而結緣，把這十二名女子塑造成心地善良卻是受盡磨難之形象，在「上天自能護佑善人」的定數下，這些受難女子往往得以逢凶化吉，最後再與其他八十八名女子相聚，同登女科，亦走向謫凡返仙的歸路。

以下茲舉數例資證之，如：孝女——廉錦楓，家住君子國，此國乃以「惟善爲寶」明論，廉女因母病須食海參，故勇入大海來取參，不意被魚網羅住，青邱國的漁人見之意欲賣之而不甘釋放，被唐敖一行人遇見，深受其孝行感動，主動出錢將之贖回，廉女爲表感激，將適才海中所獲明珠贈與之，最後由唐敖做媒嫁尹元之子。唐敖「救人一命，勝造七級浮屠」的善報，後來卻是讓自己的女兒——唐小山身陷險惡的危難中，在海外尋父中，唐小山一行人突遇水怪攻擊，小山被拖下海，救起時早已氣絕多時，得以起死回生關鍵仍依恃著定數——「前在東口所遇那個道姑，雖是瘋瘋癲癲，但他曾言解脫什麼災難，又言幸而前途有人，尚無大害」，果然命定中的救星總在關鍵時刻適時出現，因「前緣」既定，月上三更時，出現了黑面的百介山人與黃面的百鱗山人，展開救人行動：

> 大蚌道：「前年唐大仙從此經過，曾救廉家孝女。那孝女因感救命之恩，竟將我子殺害，取珠獻於唐大仙，以報其德。彼時我子雖喪廉孝女之手，究因唐大仙而起。昨日適近其女從此經過，異香徹入若海，小蚌要報殺子之仇，才獻此計。」……，黑面道人道：「當日你子性好饕餮，凡水族之類，莫不充其口腹。傷生既多，惡貫乃滿。故借孝女之刀，以除水族之患。此理所必然，亦天命造定。豈可移恨於唐大仙，又遷害其女？如此昏憒奸險，豈可仍留人世，遺害蒼生？」〔註 57〕

在「上天自能護佑善人」的力量制約下，這樣的善報還可以通過時間的焠鍊，將父親的善輝印照在兒女身上，性好饕餮、惡貫滿盈的蚌族「惡有惡報」與孝心感天、路見搭救的廉女、唐敖等人「善有善報」，皆是「天命造定」，也是世間「必然之理」。餘者如魏紫櫻，父兄爲避難，逃至山中，然此山常有狻猊出沒擾民，故魏氏父子勇於除獸，爲民除害，後父死兄病，魏女乃男扮女裝、克紹箕裘，繼續爲民除害，如此的善心、善行讓她能與唐敖一行人得遇。

〔註 57〕李汝珍：《鏡花緣》，頁 297。

在第七十一回中，更進一步藉著師蘭言與卞錦雲的對話，來闡述善惡果報乃由上天來判決、執行之理。師蘭言引古人「但行好事，莫問前程」、「善惡昭彰，如影隨形」二句來勸眾人，卞錦雲卻以王充《論衡》中的「福虛禍虛」來反駁，師蘭言因此提出一段妙論：

> 我講的是正理，王充扯的是邪理，所謂邪不能侵正，就讓王充覿面，我也講得他過，況那《論衡》書上，甚至鬧到問孔刺孟，無所忌憚，其餘又何必談他？還有一說，若謂〈陰騭文〉善惡果報是迂腐之論，那《左傳》說的「吉凶由人」，又道「人棄常則妖興」這幾句，不是善惡昭彰明證嗎？即如《易經》說的「積善之家必有餘慶，積不善之家必有餘殃」，《書經》說的「作善降之百祥，作不善降之百殃」這些話，難道不是聖人說的嗎？近世所傳聖經，那墳典諸書，久經澌滅無存，惟這《易經》、《書經》最古，要說這個也是迂話，那就難了。〔註58〕

王充是無神論者，其曰「夫性與命異，或性善而命凶，或性惡而命吉。……，性自有善惡，命自有吉凶。」〔註59〕認為「命」並非天人感應的天道呈現的結果，反對天道能夠陟罰臧否之說，所謂「命，吉凶之主也，自然之道，適偶之數」，〔註60〕認為命運之吉凶乃是「適偶之數」，故個人的所作所為，不管善惡都無法左右命運中的吉凶，簡言之，「王充的先天性命觀，那是王充根據經驗主義的進路，經過他個人實際落實觀察、歸納分析、演繹推理而得，所以他強調『命』由先天稟賦、即氣稟決定，人的力量很難扭轉已經被決定的先天命運，必須承認人力的有限性。」〔註61〕這般「命定說」與《鏡花緣》架構中的定數有所不同，《鏡花緣》認為命運之吉凶乃因「天人交感」，天道得以賞善罰惡。李汝珍藉由師蘭言之口直斥王充所謂「福虛禍虛」是「邪理」，並大量引用儒家經典來證明「善惡昭彰」，讓天具有絕對的權威，人都生活在其下，順應天理、為善修德者，可得福；反之，悖逆天理、為非作歹者會遭禍。並進一步肯定善惡果報之論，引經據典中一再強調善之積與不積、作與不作，此乃操控於人為之手，這般的善惡昭彰於天眼，奠定懲惡揚善的基礎，

〔註58〕李汝珍：《鏡花緣》，頁472～473。

〔註59〕王充：《論衡上·命義》卷二，收在《百子全書》（台北：黎明文化公司，1996），頁7314。

〔註60〕王充：《論衡上·偶會》卷三，頁7339。

〔註61〕以上引自業師張麗珠：《中國哲學史三十講》，頁237。

這樣的天眼成了凡間世人心中的法眼，隨時警惕自我，也在現實生活中起了制約作用，再再強調「舉頭三尺有神明」的天道秩序。

二、強調「終善」的實踐觀——主張習善去惡

宋明理學家在理氣二分的架構下，分爲「天地之性」與「氣質之性」，視未發之情爲「理」，是形而上的「天理」；視已發之情爲「氣」，是形而下的「查滓」。宋明理學家要求的是在「未發」處下工夫，所謂「形而後有『氣質之性』，善反之則『天地之性』存焉。故氣質之性，君子有弗性者焉」，〔註62〕盡全力貶降「氣質之性」，甚至認爲「有剛柔緩急才與不才等『氣之偏』的『氣質之性』，就是造成障蔽『天地之性』的原因，所以說『人於天理昏者，是只爲嗜欲亂著他』。」〔註63〕在理學家心中，「氣質之性」甚至是無法「復其初」、歸趨性善的罪魁禍首。隨著理學末流的凋敝、明清氣學的漸受重視，明清儒者相繼提出重氣理論，學風逐漸轉向重視經驗面、重視現實，肯定氣質之善，認爲「氣質之性，亦性」，但在理欲對立觀上卻很難突破理學家的舊論；直至清代乾嘉戴震的出現，由其領軍的「乾嘉新義理學」才眞正轉型爲肯定經驗面、肯定情欲，誠可謂「比『明清氣學』更進一步、理論也更完備的「清代新義理學」，是由十八世紀『乾嘉新義理學』所領軍而爲其標竿的。」〔註64〕戴震「理之爲性，非言性之爲理」的理論架構，一方面肯定孟子認爲人性中有善端的立場，一方面將諸如情欲等非理義部份亦視爲自然之性，在《原善》中可見此觀點：

> 專以性屬之理，謂壞於形氣，是不見於理之所由名也。以有欲有覺爲私者，荀子之所謂性惡在是也。是見於失其中正之爲私，不見於得其中正且以驗形氣本於天、備五行陰陽之全德，非私也。〔註65〕

「專以性屬之理，謂壞於形氣」即是對宋明理學家理氣二分的批評，並進一步針對荀子將人的「有欲」、「有覺」視爲「性惡」，提出不同看法，戴氏認爲若欲失其中正才能謂私，若能得其中正則是「以驗形氣本於天、備五行陰陽之全德」，即從道德涵養的結果出發，強調「去蔽」、「去私」的工夫，故其言

〔註62〕張載撰，王夫之注：《張子正蒙・誠明篇》，頁101。
〔註63〕以上引自業師張麗珠：《清代的義理學轉型》，頁377。
〔註64〕業師張麗珠：《中國哲學史三十講》，頁479。
〔註65〕戴震：《原善》（台北：世界書局，1974），卷下，頁15。

「乃要其後，非原其先」，打破理學家「復其初」、得見始善的道德進路，從踐履結果來說善，強調道德必須落實對「踐履之善」的要求，讓「善」在「條理無爽失」的狀態下得以實現：

> 試以人之形體與人之德性比而論之，形體始乎幼小，終乎長大；德性始乎蒙昧，終乎聖智。其形體之長大也，資於飲食之養，乃長日加益，非復其初；德性資於學問，進而聖智，非復其初明矣。
>
> 理也者，情之不爽失也，未有情不得而理得者也。凡有所施於人，反躬而靜思之，人以此施於我，能受之乎？凡有所責於人，反躬而靜思之，人以此責於我，能盡之乎？以我絜之人則理明。〔註66〕

提出「德性資於學問」的命題，主張「以學養智」，以「學」涵養心知之明，才能除蔽；透過「以情絜情」，依恃己所不欲勿施於人、以我之情絜人之情的「理」，才能夠使道德踐履達於無爽失的「理」，此乃所謂「終善」思想。

在《鏡花緣》中，除了有腳下的雲會「色隨心變，只要痛改前非，一心向善，雲的顏色也就隨心變換」的大人國外，還安排處處強調「終善」思想的國度——淑士國，其城門上的一副對聯：「欲高門第須爲善，要好兒孫必讀書」爲「淑士」二字下了註解。可見在淑士國中，若要門第顯赫、子孫耀祖，必從「爲善」、「讀書」之路。走進該國鬧市，庶民百姓家門首皆豎金字匾額，或寫「賢良方正」、「孝悌力田」，或寫「聰明正直」、「德行耆儒」，亦或寫「體仁」、「好義」、「循禮」、「篤信」者，惟獨只見兩家門首豎著兩塊黑字匾額，一寫「改過自新」，一寫「回心向善」，唐敖不解，請教該國老丈，其曰：

> 這是其人雖在名教中，偶然失於檢點，作了違法之事，並無大罪，事後國主命豎此匾，以爲改過自新之意。此等人如再犯法，就要加等治罪。倘痛改前非，眾善奉行，或鄉鄰代具公呈，或官長訪知其事，都可奏明，將匾除去，此後或另有善行，賢聲著於鄉黨，仍可啓奏，另豎金字匾額。至豎過金字匾額之人，如有違法，不但將匾除去，亦是加等治罪，即《春秋》責備賢者之義。這總是國主勉人向善，諄諄勸戒之意。幸而讀書者甚多，書能變化氣質，遵著聖賢之教，那爲非作歹的究竟少了。

高豎黑字匾額乃因「偶然失了檢點」，當欲有所偏失時，就無法得「理」，無

〔註66〕上二段引自戴震：《孟子字義疏證・理》卷上，頁1～2。

法爲「善」，是故豎黑匾以資警惕；然人人皆有改過向善的可能，只要多讀書，因爲「書能改變氣質」，只要「遵著聖賢之教，那爲非作歹的究竟少了」，呼應了「德性資於學問」、以學養智的主張，也就不難理解該國高掛「欲高門第須爲善，要好兒孫必讀書」的本意，只要改過向新，即可另豎金字匾額，重視的是最後的道德踐履，乃從踐履結果來說善，亦即是「終善」思想的展現。

「習善去惡」的主張，根源於「非復其初」、「乃要其後」的要求上，強調實踐結果的「善」，再結合「因果報應」、「天人相感」論說，勸人行善積德，達到積極勸人向善的目的。

第五章　《鏡花緣》所突出當代的思想新動向

《鏡花緣》除了針對世風的衰弊與道德的淪喪多所針砭外，面對當代手工業、商業繁榮發展所帶來的社會現象與道德反思，包括公私觀、義利觀的轉變等，皆成爲李汝珍創作的基礎。

在傳統儒家價值觀中，孔孟一系思想脈絡裏，義與利彷若天平的兩邊：一是義、是道德範疇，一是利、是私人利益，兩相權衡，往往傾重於義。孔子嚴分義利，認爲「君子喻於義，小人喻於利」，堅守「見利思義」的原則，因爲「放於利而行多怨」，即所謂「富與貴，是人之所欲也，不以其道得之，不處也；貧與賤，是人之所惡也，不以其道去之，不去也」，〔註 1〕孔子的「義利之辨」的方向是落在求富貴的途徑是否合「義」，而非要求放棄追求富貴、利益，故其「義利之辨」所辨者乃在私利上，抱持著貴公利，即貴義的態度，此亦爲孟子所承繼。齊宣王藉口「好貨」、「好色」，而不行仁政，孟子明示「王如好貨，與百姓同之，於王何有？」「王如好色，與百姓同之，於王何有？」〔註 2〕認爲只要著眼於百姓利益之公利，皆是合於義的、被允許的。孟子進一步立論：「生，亦我所欲也；義，亦我所欲也，二者不可得兼，舍生而取義者也」，〔註 3〕孟子所謂之「舍生取義」與孔子所言之「殺身成仁」皆具有極端色彩，直指向道德的崇高性；所不同者，乃孟子將義利之辨納於人禽之辨的

〔註 1〕上三句分別引自朱熹：《論語集注・里仁》，頁 83；《論語集注・里仁》，頁 82；《論語集注・里仁》，頁 80。

〔註 2〕朱熹：《孟子集注・梁惠王下》，頁 227～228。

〔註 3〕朱熹：《孟子集注・告子上》，頁 370～371。

架構中去思考：「人之所以異於禽獸者幾希，庶民去之，君子存之。」〔註 4〕人與禽獸最大的差異乃在仁義禮智之涵攝，並進一步把人二分：「從其大體爲大人，從其小體爲小人」，從「耳目之官」者則「不思」、「蔽於物」，從「心之官」者則能「思」、「得之」，所以要「先立乎其大者，則其小者弗能奪也。」〔註 5〕把仁義道德視爲人之所以爲人者，亦爲人禽之所異，此爲「大體」；反之，耳目口腹之欲乃是人禽之所同，此爲「小體」，認爲人之所以爲人，乃該貴「大體」賤「小體」，挺立出人獨具的道德價值。

儒家正統的貴義賤利觀念，到了宋明理學家，即以「存理滅欲」爲要求，形成以「天理之公」壓抑「人欲之私」的義利之辨。周敦頤言「無欲則靜」，象山亦言「此只有兩路：利欲、道義；不之此，則之彼」，〔註 6〕朱熹更主張「存天理，滅人欲」，其曰：「人之一心，天理存，則人欲亡；人欲存，則天理滅，未有天理人欲夾雜者」，而「發而爲孝弟忠信仁義禮智，皆理也」，〔註 7〕可見「天理」是體現在人身上的倫理道德原則；而「人欲者，此心之疾疢，循之則其心私而且邪」，又曰「飲食者，天理也；要求美味，人欲也」，〔註 8〕對於維持生存的物質欲望，並不主張「去之」，而所要「盡去」者，乃是違反天理、不合理的私欲、嗜欲，認爲「心之所主，又有天理人欲之異，二者一分，而公私邪正之圖利矣」，〔註 9〕認爲天理即是「公」、「正」，人欲乃是「私」、「邪」，將「天理」與「私利」二元對立，提出「存理滅欲」之主題，築成「恥言利」的思想藩籬。

然而要了解從義利對立的「貴義賤利」觀中，到認同「義利同趨」的「兼重義利」、不諱言利的思想轉變過程，可從公私觀念之移異、肯定私利、正視情欲之思想基調轉換中，來窺知其脈絡，現代學者張麗珠先生對此有段精論：

> 傳統儒學之義利觀緊密聯繫著公私觀。……，隨著明清社會的價值轉型、情欲覺醒等思想基調轉換，持義利對立的「求利害義」思想已經不能反映人心、爲大眾所接受，是以明清之際主張「義利合一」

〔註 4〕 朱熹：《孟子集注．離婁下》，頁 319。

〔註 5〕 朱熹：《孟子集注．告子上》，頁 374。

〔註 6〕 陸九淵：《象山語錄．下》（台北：上海古籍出版社，2000），頁 66。

〔註 7〕 上二句分見朱熹：《朱子語錄》（北京：中華書局，1986），卷 13，頁 224；卷 4，頁 65。

〔註 8〕 上二句引自朱熹：《朱子文集．延和奏劄二》（台北：德富古籍出版社，1986），卷 13，頁 418。

〔註 9〕 朱熹：《朱子文集．延和奏劄二》，卷 13，頁 418。

的「兼重義利」觀逐漸蔚成新趨，其影響一直延續到現代，且不斷被深化其思想內蘊。〔註10〕

明代揚起的「尊情」之風，對於情之好惡予以正視，對於追求美好食色的自然情性都採取正面的態度，隨著價值觀及思維的轉變，逐漸鬆動了以欲惡論爲基礎的「恥言利」思想；到了清代，承續此正視情欲之風，清儒「由詞通道」，依考證儒家經典古籍之手段，明證利己之私利只要能有所防蔽，使之不害義，即具有正當性，故明清之際，認同的「公」，包含了眾民所具有的私利與私欲，即「肯定了『以天下之大公』面貌出現的『萬民之私』的利益」；〔註11〕而所反對的「私」，即是任何一個人或少數人所特有的民眾利益或要求相對立的個人利益與要求，如特權階層的利益，在公私觀念的改變中，轉出「義利合趨」之新價值觀。

故本章節乃從清儒不諱言利，甚至重利、重功的思想爲主線，藉《鏡花緣》以考察清代開出「求利而不害義」的新思想層次，以公私觀、義利觀的轉變爲觀察線索，從「新四民觀」中看到職業不分貴賤，崇尚人格平等的追求，再從《鏡花緣》男女性別互換的「女兒國」中，可以看到作者對於男女性別平等意識的呼籲，此乃當代衝破傳統封建社會價值觀，邁向現代化的重要里程碑。

第一節　《鏡花緣》與「治生論」、「新四民觀」思想的綰合

李汝珍曾寓居板浦長達二、三十年，板浦建於隋末唐初，自隋唐以來，一直是古海州所轄的經濟繁華、文化發達的文明古鎮。此地得山海之勢，具魚鹽之利，當地製鹽業的發達，帶動了地方經濟的熱絡，故兩淮鹽商大都聚集於此。據《宋史食貨志》記載：「海州板浦、惠澤、洛要三場，歲鬻鹽四十七萬七千餘石」，〔註12〕可見在宋代板浦已是重要的產鹽之地；到了清代中葉，板浦處處是司鹽機構，據《江蘇鹽業志》記載，經濟生活的繁榮，相對

〔註10〕張麗珠：〈清儒會通傳統與現代化思想的「義利合一」觀〉，《齊魯學刊》2008年第4期，頁19。

〔註11〕吳根友：《中國現代價值觀的初生歷程》（武昌：武漢大學出版社，2004），頁216。

〔註12〕唐仲冕等修：《海州直隸志》，卷十七，頁315。

的也帶動了商業活動，造成了板浦小鎮歌舞昇平、競相奢靡的生活。李汝珍處於其中，對於鹽利財富帶來的光怪陸離生活深有所感，於是將之化爲《鏡花緣》筆下此些奇幻海外國度的所見所聞，皆可索見當代義利觀、價值觀移易之形跡。

《鏡花緣》對於世風的虛僞、道德的淪喪種種弊象多所針砭，但對於從商、謀商的經濟行爲卻不見貶筆，甚至塑造棄儒從商的新知識份子形象，如多九公、林之洋等人，顛覆「萬般皆下品，唯有讀書高」之傳統價值觀，如此重新審視商人地位的新價值觀，無疑是對王陽明的「新四民觀」與陳確「治生論」的呼應。

商人之地位，從先秦以來一直是被抑制著，管仲首次將職業劃分爲「士農工商」，並推出「四民分業定居」的政策，〔註13〕但「重農抑商」一直以來都是中國傳統經濟思想的重要內容，在「士農工商」與「崇本抑末」的價值觀下，商人在社會階級中叨陪末座，政府實施抑商的政策，乃期「用一種官方損譽和褒揚的導向以及一種精神觀念上的貴賤觀，來抵消實際生活中經濟利益上的巨大差異，並且力圖由此而達到社會經濟資源配置有利於傳統生產方式的目的」，〔註14〕但這樣的職業排序等級，在明中後期卻起了變化。最大的原因乃是受尊情的思潮、追求個性的解放等影響，故有謂「以個性解放爲核心的早期啓蒙思潮的誕生是中華文化進入新的歷史時期的顯著標誌之一」，〔註15〕引領出「明清實學思潮」。明代中期以後，地區性的商業、手工業發達，帶起了商品經濟的繁榮發展，特別是嘉靖以後，大規模地種植商品性經濟作物，推動了商品交換的發展，擴大了區域性經濟的範圍，帶來全國市場規模的擴大，工商業在經濟生活中的作用日益加強，城市中出現了以商業、手工業爲主要謀生方式的新的市民階層，而因商品經濟帶來的稅收與日俱增，讓國家財政對工商業的依賴性日漸增強，也讓執政者不得不對相關的經濟政策做調整，以適應此股新經濟勢力崛起的需要。此外，在明初位居國家意識形態統治核心地位的程朱理學，隨著日漸官學化，逐漸蛻變成爲士人的一種謀取功名利祿的學術手段，形成學術專制與僵化；明代中葉以後，出

〔註13〕管仲：《管子·治國》（杭州：人民出版社，1987），卷十五，頁16～18。

〔註14〕張忠民：《前近代中國社會的商人資本與社會再生產》（上海：上海社會科學院出版社，1996），頁253～255。

〔註15〕袁行霈等：《中華文明史》（北京：北京大學出版社，2006），頁45。

現許多新興的商業、手工業市鎮，「在這些城市中聚集了眾多因致仕、趕考、交游等等原因而閑居的士人，他們使不同的學術和政見得以交流，營造了新的思想環境。城市中還聚集了眾多來自全國各地的販運流通的富商大賈，他們刺激了城市經濟的繁榮，以財富的力量瓦解了傳統禮制和風俗」，〔註16〕經濟活動的改變與繁榮，士商長期的相混，在追求情欲、私欲的態度上，從明代中葉開始也逐漸出現鬆動，讓商人之地位得以被重新審視，明儒王守仁雖仍堅持天理、人欲二分，也反對「學者汲汲營營」，但他通達地認爲，只要能將心體調養得好，「雖終日做買賣，不害其爲聖爲賢」，〔註 17〕在抑商的思維上有了進步，其明確提出「新四民觀」：

古者四民異業而同道，其盡心焉，一也。士以修治，農以具養，工以利器，商以通貨，各就其資之所近，力之所及者而業焉，以求盡其心。其歸要在於有益於生人之道，則一而已。士農以其盡心於修治具養者，而利器通貨，猶其士與農也；工商以其盡心於利器通貨者，而修治具養，猶其工與商也。故曰四民異業而同道。……，自王道熄而學術乖，人失其心，交騖於利，以相驅軼，於是始有歆士而卑農，榮宦遊而恥工賈。夷考其實，射時罔利有甚焉，特異其名耳。〔註18〕

認爲士農工商乃「異業而同道」，只是分工之不同，四民各司其職，其間並無尊卑貴賤之分，肯定士、農、工、商在「道」的面前完全處於平等的地位，正因爲「人失其心，交騖其利」，才導致了「卑農而恥工賈」的現象。余英時先生有道：「我們可以在明代以前找到商人活躍的事實，也不難在清代中葉以後仍然發現輕商的言論，然而新四民論的出現及其歷史意義則無論如何是無法抹殺的。」〔註19〕如此思維確實具有指標性意義。

另者，黃宗羲在《明夷待訪錄》明言：「有生之初，人各自私也，人各自利也」，〔註20〕積極肯定私利的追求，並進一步主張「工商皆本」，其曰：

今夫通都之市肆，十室而九，有爲佛而貨者，有爲巫而貨者，有爲倡優而貨者，有爲奇技淫巧而貨者，皆不切於民用；一概痛絕之，亦庶乎救弊之一端也。此古聖王崇本抑末之道。世儒不察，以工商

〔註16〕袁行霈等：《中華文明史》，頁49。
〔註17〕王陽明：《王陽明全集・傳習錄拾遺》（上海：上海古籍出版社，1992），頁1169。
〔註18〕王陽明：《王陽明全集・節庵方公墓表》，頁941。
〔註19〕余英時：《中國近世宗教倫理與商人精神》（台北：聯經出版社，2001），頁121。
〔註20〕黃宗羲：《明夷待訪錄・原君》（台北：三民書局，1995），頁1。

> 爲末，妄議抑之；夫工，固聖王之所欲來，商又使其願出於途者，蓋皆本也。〔註21〕

以「切於民用」與否的工商作爲扶傾的依據，直接挑戰傳統「以農爲本，以商爲末」的「重農抑商」觀念，對於社會經濟生活產生重大影響的工人、商賈集團予以新的定位，讓切於民用的工商大賈的社會地位大大的提高。通過王陽明的「新四民觀」、黃宗羲「工商皆本」等思想主張，不難看出明代中葉到明末清初以來，已經重新審估商人階層的社會價值，甚至有「棄儒就商」的風氣出現，反映當時的社會現實與思維動向，在貨殖之事益急、商賈之勢益重的情勢下，清代士人轉向以經商爲治生之計，也成爲叩響明末清初新思維：「學者以治生爲本」之敲門磚。

生於明末清初的陳確，師承於劉蕺山，與黃梨洲雖爲同門，但兩人對於蕺山學說見解卻有所不同。陳乾初所著〈大學辨〉一出，「於時聞者皆駭，……，而乾初不顧，具言《大學》言知不言行，格致誠正之功，先後失其倫序」，〔註22〕乾初認爲《大學》只重「知止」，乃言知不言行，所謂「《大學》言知不言行，必爲禪學無疑」，〔註23〕並否定「至善」的存在，曰：「至善，未易言也；止至善，尤未易言也。……，善之中又有善焉，至善之中又有至善焉」，〔註24〕認爲善是沒有止境的，強調不斷實踐的功夫。故乾初認爲《大學》、《中庸》非以立德爲重，而是「經濟之書」，其曰：「學庸二書，純言經濟，而世不察，謂是言道之文，眞可啞然一笑。若只欲立苟且之功，擅風華之譽，則惟其所尙，必欲建不拔之業，垂不朽之文，舍道德奚恃哉！」〔註25〕乾初乃以考辨之手段罷黜《大學》的聖經地位，主張「黜還戴《記》，以仍大學之舊」，〔註26〕並進一步沉痛指出：

> 今之學者，考其行，則鮮孝弟忠信之實。聽其言，則多義理精微之旨，此宋以來學者之通弊。此弟所日夜撫心摧胸，而深欲與同志一洗斯惑也。〔註27〕

〔註21〕黃宗羲：《明夷待訪錄・財計三》，頁166。

〔註22〕陳確：《陳確集・朱竹坨先生彝尊經義考》（台北：漢京文化出版社，1984），首卷，頁42。

〔註23〕陳確：《陳確集・答沈思朗書》，別集，卷十五，頁573。

〔註24〕陳確：《陳確集・大學辨一》，別集，卷十四，頁553～554。

〔註25〕陳確：《陳確集・與吳仲木書》，文集，卷一，頁74。

〔註26〕陳確：《陳確集・大學辨一》，別集，卷十四，頁558。

〔註27〕陳確：《陳確集・答張考夫書》，別集，卷十六，頁588。

乾初所言者即是「虛談無根」、「虛而不實」之理學末流弊病，其重視的是「孝弟忠信之實」，而非只是「義理精微之旨」，即可見其強調道德價值經驗面及經驗形下面的轉向，故曰：「後儒口口說本體，而無一是本體；孔孟絕口不言本體，而無言非本體。」〔註28〕認爲「本體」絕非「空談」可得，必要踐履之，故陳確認爲「理勝欲爲君子」，天理不能離人倫事物，反對宋儒將理欲一分爲二，亦反對「存理滅欲」之主張，黃宗羲在〈陳乾初先生墓誌銘〉中提到：

> （乾初）又曰：「周子無欲之教，不禪而禪。吾儒只言寡欲，不言無欲。聖人之心，無異常人之心，常人之所欲，亦即聖人之所欲也。人心本無所謂天理，天理正從人欲中見，人欲恰好處，即天理也。向無人欲，則並無天理之可言矣。」〔註29〕

陳確認爲天理別無所求，乃在「人欲的恰當處」體現，若無「人欲」即無「天理」，正面肯定人欲之追求，在「恰當」處即是天理，一方面徹底顛覆理學家「去欲」、「無欲」之主張，一方面乃順應明清資本主義興盛及市民意識日漸覺醒的思潮而發，因此「陳確之肯定人欲並提出新理欲觀，可以視爲對明清以來社會價值與傳統價值發生悖離、現實世界與理念世界不同步的眞實反映及其反抗意識之呈現」，〔註30〕並進一步提出「學者以治生爲本」之新題：

> 學者治生，絕非世俗營營苟苟之謂。
>
> 確嘗以讀書治生爲對，謂二者眞學人之本事，而治生尤切於讀書。然第如世俗之讀書治生而已，則讀書非讀書也，務博而已矣，口耳而已矣，苟求榮利而已矣，治生非治生也，……，唯眞志於學者，則必能讀書，必能治生。天下豈有白丁聖賢、敗子聖賢哉！豈有學爲聖賢之人而父母妻子之弗能養，而待養於人者哉！〔註31〕

陳確認爲士人「治生」之本意絕非汲汲營營於「求利」上，但「治生」卻是士者在埋首書海前必具的現實條件，故曰「治生尤切於讀書」，徹底推翻傳統中黃卷青燈下不問生計、皓首窮經終不悔的白面書郎形象，否定離開現實的「讀書」，認爲讀書與治生二者皆「學人之本事」，亦成爲士人言利的理論基礎，讓「學者治生」在道德與現實兩者間達到平衡及給予正面肯定，亦呈現

〔註28〕陳確：《陳確集・大學辨一》，別集，卷十四，頁556。
〔註29〕陳確：《陳確集・陳乾初先生墓誌銘》，首卷，頁5。
〔註30〕業師張麗珠：《清代的義理學轉型》，頁69。
〔註31〕上二句引自陳確：《陳確集・學者以治生爲本論》，文集，卷五，頁158～159。

向經驗實在面轉進之思維。

理學家專從形而上層面來要求內聖修身的思維已經無法滿足明清以後人們轉向對形下世界的追求，及正視情欲、重視治生的新價值觀思潮，讓許多人棄農從商、棄儒從商，不得不走上從商之路，清代唐甄即曰：「苟非仕而得祿，及公卿敬禮而周之，其下耕賈而得之，則財無可求之道。求之，必爲小人矣。我之以賈爲生者，人以爲辱其身，而不知所以不辱其身也。」〔註 32〕認爲士人「以賈爲生」，乃是爲了「不辱其身」，因爲經濟獲得了獨立，才能有身爲讀書人的尊嚴。與之同時的顏元，甚至倡言功利，斷言「聖賢之欲富貴，與凡民同」，凡民與聖賢者都有欲富貴之心，亦認同取利的行爲，然其準則乃在：以義爲利，義利兼重。其於《四書正誤》中有段精論：

> 以義爲利，聖賢平正道理也。堯、舜「利用」，《尚書》明與「正德」、「厚生」並爲「三事」。「利貞」、「利用安身」、「利用刑人」、「無不利」、「利者，義之和也」：《易》之言「利」更多。孟子極駁「利」字，惡夫掊剋聚斂者耳。其實，義中之利，君子所貴也。後儒乃云「正其誼，不謀其利」，過矣！宋人喜道之，以文其空疏無用之學。予嘗矯其偏，改云：「正其誼以謀其利，明其道而計其功。」〔註 33〕

顏元追本溯源，在儒家經典中，爲「義利合趨」找到理論的依據及源頭，在《尚書》中，「利用」、「正德」、「厚生」是並呈的，無輕重之別，更無「輕利」之說；而《易經》中更多言「利」之處。再者，顏元認爲孟子反對的利乃是「掊剋聚斂者」，即不經節度、貪婪的「私利」，但「義中之利」乃是「君子所貴」，其追求的私利能符合「義」的規範，才是可貴的、值得鼓勵的，故曰「正誼謀利，明道計功」，「正誼」、「明道」乃是儒者踐履之初衷、動機，由此本而生發，「利」、「功」即必然而至，故「以義爲利」乃「聖賢平正道理」，義利合趨之新價值開展於茲。

《鏡花緣》產生於十八世紀後期，書中有數個重要的靈魂人物，皆具有儒者背景，然終走上經商一途者：一爲多九公，一爲林之洋，兩人原本皆爲儒士，林之洋早年受過教育，多九公幼年亦受過庠序之教，然「因不得中，棄了書本，……，儒巾久已不戴」，二人不約而同地選擇了「棄儒從商」的道路；另者，一爲唐敖，仕途不遂，卒亦「棄儒從商」。「棄儒從商」在清代中

〔註 32〕唐甄：《潛書・養重》（台北：河洛出版社，1974），上篇，頁 91。
〔註 33〕顏元：《顏元集・四書正誤》，卷一，頁 163。

葉是普遍可見的社會現象，余英時先生針對出現此風潮的原因，歸納出下列兩點：

> 第一、是中國的人口從明初到十九世紀中葉增加了好幾倍，而舉人、進士的名額卻並未相應增加，因此考中功名的機會自然越來越小，「棄儒就商」的趨勢一天天增漲可以說是必然的。……，第二、明清商人的成功對於士人也是一種極大的誘惑。明清的捐納制度又為商人開啓了入仕之路，使他們至少也可以得到官品或功名，在地方上成為有勢力的紳商。〔註 34〕

科舉制度的窄門下，加上日益增漲的重商意識，讓許多士人沉滯在商人階層，深究其原因，除了是上述義利觀念的轉移外，尚有一重要制度——捐納制度的直接影響是不容忽視的。〔註 35〕現代學者張海英先生分析道：「這種大量通過金錢捐納而獲得官職的做法，使得兢兢業業地遵守科舉正途的士子們產生一種強烈的失落感甚至被剝奪感。特別是作為讀書人取得功名、晉身為『士』的標幟——『生員』一項也可捐納，更讓士子們寒心。」〔註 36〕於是許多商人子弟藉著捐納轉向科舉入仕，而落拓的士人讀書求官不成，轉而從商，故總言之：「政府在工商政策方面的趨向寬鬆，商人參加科舉考試等應試登第政策的變化，加之捐納制度的影響，這一切均成為明中葉以後出現『士商滲透』這一社會現象重要的制度因素。」〔註 37〕故《鏡花緣》取材於當代「士商滲透」、「棄儒從商」的普遍現象，立足於「義利合趨」的新價值觀上，為故事中的主人翁找到謀利生財的合理性，亦是為現實中不得志的科舉士子找到生計依靠的立足點。

十八世紀中後期正當資本經濟復甦興盛之際，〔註 38〕自給自足的小農經

〔註 34〕余英時：《中國近世宗教倫理與商人精神》（台北：聯經出版社，2001），頁 117。

〔註 35〕捐納制度起於明景泰，滿清沿用之。乃政府允許除「賤民」外各階層的人，用錢財向政府買取官職的一項政策。

〔註 36〕張海英：〈明中葉以後「士商滲透」的制度環境〉，《明清史》2006 年第 4 期，頁 45。

〔註 37〕同前註，頁 46。

〔註 38〕18 世紀中葉以後，中國封建社會中一度被壓抑的資本主義經濟又活躍起來。東南沿海、江南及運河沿岸一帶，正是資本主義經濟發展最快的地區。地區性的手工業大量興起，以紡織業為例，乾隆末年，南京全城的紡織機已達三萬架，蘇州、杭州等地區出現了擁有千架織機的大型紡織工場，有的工場雇傭工人即高達四千人。與紡織業相關的絲綢行、紙行、機店、梭店也紛紛建立起來。其他如製瓷業、印刷業、製鹽業、採礦業等的規模和水平都相當可

濟已無法順應時勢所趨，李汝珍身當傳統義利新價值觀轉變之際，活躍於商品經濟頻繁及海口貿易發達的海州地區，長期耳濡目染之下，在《鏡花緣》中廣見「追求利益」之思維，挺立出「不害義」之「私利」層次價值。

《鏡花緣》成書時代的海州地區在經濟、社會、文化上有些變化，許喬林在此書序中有言：「觀者咸謂有益風化」，乾嘉時期的海州在風俗上的變化，在《嘉慶海州直隸州志》中有段精論：

> 南鎮鹺賈所居，鹽艘所經，頗有淮楚氣習。西鎮純乎齊莒風概，食以䅟子爲精，衣以繭布爲華，實由地瘠民貧，唯知力農務本。讀者補弟子員而止者，無力以赴鄉舉也。……，贛榆近山東，沭陽近淮安，各得其風土之所近。〔註39〕

記載中指出海州「西鎮」與「南鎮」不同的社會習氣，海州西邊的鄉鎮仍以封建社會中的小農經濟爲主要型態，故當地的風俗民情乃是樸實如故；反觀，「南鎮」即海州南部的一些鹽業鄉鎮，如板浦即設有鹽關，「南鎮」出現了「淮楚氣息」，「其主要特徵是豪侈風雅」，〔註40〕這樣的風氣在《鏡花緣》中即寫繪成了「想著方兒，變著樣兒，只在飲食用功，除吃喝之外，一無所能」的「犬封國」，〔註41〕故可見同時代的海州地區，「淮楚氣息」與「齊莒風概」是多元共存且相互衝突激盪著的。

《鏡花緣》在唐敖一行人海外遊歷過程中處處可見言利、謀利之情事，並生動反映出當代商業活動日益活躍的社會現實。唐敖在中了探花後卻被人告發，而降發爲秀才，故看透宦場之險惡，遂與舅兄林之洋結伴遊環海，在上船之前，購置些許鐵製花盆，認爲一來沿途可供賞玩，二來若遇買主，這些生鐵即可出脫獲利，此舉卻不被同行人看好，認爲此乃滯銷貨，難以脫手；然而，在途經女兒國時，因要幫助該國治水，需要大量銅鐵打造挑河器具，這時船上的生鐵成了搶手貨，賣個精光，如此的利頭令人沾喜，也幫女兒國成功整治水患。另者，他們每到一地，往往根據當地市場的需求來買賣貨物，例如：來到人人頭戴儒巾、喜好讀書的「淑士國」，知其筆墨之需求，故大賣

觀。手工業的發展必然促進商品的流通，社會生活中的商業活動越來越活躍，商人隊伍不斷擴大，作用日益顯著。

〔註39〕唐仲冕等修：《海州直隸志》，卷十，頁184。

〔註40〕李明友：〈淮楚氣息與齊莒風概——《鏡花緣》成書時代背景研究〉，《明清小說研究》1994年第4期，頁98。

〔註41〕李汝珍：《鏡花緣》，頁84。

之；途經有桑無蠶、不產絲貨的「巫咸國」，即發了許多綢緞去賣，發個利市；進入素好音樂的「歧舌國」，就賣笙笛簫管，甚至將從勞民國買來的雙頭鳥，以高出當日買價幾十倍利息之價錢套利賣出，種種的商業行爲可以看到當時商品流通領域繁榮興盛的狀況，且依恃著「物以稀爲貴」的道理，深諳供需原則的經濟運作，並能掌握人心之所向來求正當的利益。

然而林之洋等人之所以「棄儒」，亦反映當代經濟結構的變化，在小農經濟逐漸被淘汰，資本主義侵入之際，所出現的弊端：高利貸資本滲透於農村，加劇土地的兼併，於是許多農民失去賴以生存的土地，離鄉背井成爲「游民」，或棄農從商，甚至貧苦的農民，無本做生意，而淪爲苦工或勞動階層，如「幼年也曾入學，因不得中，棄了書本，做些海船生意，後來消折本錢」的多九公最後只能以舵工水手一職來餬口，林之洋也只能「販些零星貨物，到外洋去碰碰財運，強如在家坐吃山空」，〔註42〕皆是當代經濟結構變化下的普羅大眾其生活的反映。

《鏡花緣》中亦可見孳利生利之商業行爲。在第六十四回中以卞家爲例，卞儉是個諸事不諳的讀書人，全靠妻子一人針線過活，十足是個窮書生，於是想要用家中僅剩的兩隻雞鴨去賣幾文錢，換些米來求溫飽，但卻被妻子制止，妻子曰：

> 這卻使不得。將來起家發業，全要在他身上，今日如果賣去，所値無多，日後再要買他，就要加上幾倍價。……，況現在已生二三十蛋，不過早晚就要抱窩，等抱出小雞鴨來，慢慢養大，那是多大利息！今日若將這個再賣去，將來只好做一天，吃一天，窮苦到老，再想別的起家法子，可就沒了！

妻子將雞鴨視爲生財之器，抱著孳生利息的心態在豢養，果然兩隻雞鴨所下的蛋在二十多天後全都孵出，半年後留下幾隻生蛋的，剩餘的雞鴨變賣，換買兩頭小母豬，幾經這樣的變賣套利，不出幾年已豬羊成群，且也置了田產與房產，成了富有人家，但可貴的是仍然「居心甚善，自己雖然衣食淡薄，鄉間凡有窮困，莫不周濟，卻是人人感仰。故遇旱潦之時，他家莊田，眾人齊心設法助他，往往別家顆粒無收，他家竟獲豐收」，於是卞家世代謹守祖業，以儉相傳，並能仗義疏財，在不害義的前提下，追求正當的利益，完全呼應了「韋伯論新教倫理有助於資本主義的發展，首推『勤』與『儉』兩大要目」

〔註42〕李汝珍：《鏡花緣》，頁38。

的說法，〔註43〕李汝珍突顯了成功的商人身上勤儉的美德。

在第七十二回，哀萃芳與卞寶雲的一段對話中，亦可嗅出當代經濟結構及心態的轉變。哀萃芳在卞家看到幾個莊稼老叟在打水澆菜、牽牛耕田，還有好些豬羊雞鴨點綴著芳草落花，因問：「此地怎麼又有莊戶人家？」寶雲回道：

> 這非鄉村，是我家一個菜園。當日家父因家中人口眾多，每日菜蔬用的不少，就在此處買下這塊地作爲菜園，並養些牲畜。每年滋生甚多，除家裡取用之外，所餘瓜果以及牛、馬、豬、羊之類，都變了價，以二分賞給管園的，其餘八分慢慢積攢起來，不上十年，就起造這座莊園。

可見清代農村地主已經從單純的種植生產，即單向經濟，轉向多元經濟，包括經營菜園、果園、花園及養殖等等，並以二八比例，一方面剝削園丁，一方面累積資金，明顯地帶有濃厚的資本主義色彩；也反映當時農業經濟的變化，特別是農業生產經營方式的多樣化，並出現一批「經營地主」，一方面變相出租土地，還採用招募雇工，自己直接經營，讓土地所有權和土地使用權分離，從事商品經濟，並將經濟作物的比重增加並提高商品化程度，皆可見當代資本主義的形跡。

第二節　打破性別藩籬的男女平等意識

在中國傳統社會中，婦女的地位完全依附在男性意識之下，所謂「未嫁從父，已嫁從夫，夫死從子」的「三從」教條貫穿婦女的一生，其人格之不受重視、人權之低落自古皆然。婦女一生的行爲圭臬，除了「三從」，就是「四德」，也決定了男主外、女主內的家庭地位；自漢代班昭作《女誡》始，女性教育落在塑造道德人格上，要婦女以「卑弱」二字做爲座右銘；唐代宋若華、宋若昭所作的《女論語》，明代仁孝文皇后所作《內訓》，清初出自王相之母的《女範》，皆是要求婦女重女德之作，後王相將上述四書總稱爲「女四書」，成爲女性教育的基礎，也成爲婦女沉重的精神枷鎖。所謂「婦女識字多誨淫」，於是在三從四德的教條束縛下，形成了「女子無才便是德」的社會陋見，婦女不得干預政事，對政治無權聞問，婦女應該追求的，不是社會上的功名事

〔註43〕余英時：《中國近世宗教倫理與商人精神》，頁137。

業，而是「孝女」、「賢妻」、「良母」的桂冠；宋明理學家在「存天理，滅人欲」的主張上，對於女性的壓抑和扼禁視最爲深重，尤其喊出「餓死事小，失節事大」一語，對千萬婦女提出絕對的道德要求。經過理學家大力提倡，再加上官府的旌表和獎勵，如明代政府規定，凡寡婦守節起自未滿30歲的，能保持到50歲即可建立牌坊，她的家庭可以蒙其庇蔭而享受免除公役的權利等，如此的推波助瀾，逼使女性走上「貞女」、「烈婦」一路，據計在順治年間，旌表的貞女、節婦共有 578 人，到了乾隆朝，節婦有 66200 人，烈婦爲 877 人，貞女爲 1468 人，〔註 44〕婦女日益成爲禮教下的犧牲品。再者，纏足的普及化、妾侍制、守節與殉節之風的普遍等，皆使婦女地位在明清趨於谷底。

自晚明以來，出現了對於假道學的反動，對於「存理滅欲」的教條質疑，徐渭、李贄、唐甄、錢大昕、汪中等人皆爲婦女悽慘際遇而發聲，如汪中提出「夫婦，人道之始」說：

> 夫婦之禮，人道之始也。子得而妻之，則父母得而婦之。故昏之明日，乃見於舅姑。父得而妻之，則子得而母之。故繼母如母。不爲子之妻者，是不爲舅姑之婦。不爲父之妻者，是不爲子之母也。〔註 45〕

強調夫婦是人倫之始，唯有夫婦關係成立了，才有「姑媳」關係，來駁斥理學家關於女子於婿死後應從死或守志的謬論；唐甄也曾提出「男女，一也」，主張「夫妻相下」，提倡男女平等；文壇上也出現了歌頌情、欲、婚姻自主的文學作品，如湯顯祖的《牡丹亭》中爭取婚姻自由的鮮明色彩，甚至出現招收女弟子的前衛文士，如袁枚，在《隨園詩話》中不僅大力推崇女子的才華，並選錄二十八位女弟子的詩，其曰：

> 俗稱女子不宜爲詩，陋哉言乎。聖人以〈關雎〉、〈葛覃〉、〈卷耳〉冠三百篇之首，皆女子之詩。第恐鍼黹之餘，不暇弄筆墨，而又無人唱和而表章之，則淹沒而不宣者多矣。〔註 46〕

極力肯定女子之才華，且充滿憐才、惜才之意，在書中並針對許多不合理的禮教束縛提出批判。

〔註 44〕郭松義：《倫理與生活——清代的婚姻關係》（北京：商務印書館，2000），頁 401。

〔註 45〕汪中：《述學・女子許嫁而婿死從死之守志議》（台北：商務印書館，1967），卷一，頁 14。

〔註 46〕袁枚：《隨園詩話・補遺》（台北：漢京文化公司，2004），卷一，頁 590。

雖曰蚍蜉難以撼樹，然而這些文人賢士站在情性上討論男女問題，確實能引起共鳴，尤其到了乾嘉時期，試圖透過考據義理的方式，恢復原始儒學之本義，展現順乎人性、應乎人情的一面，發展出有別於理學家的婦女觀。乾嘉學者透過儒家對於婚姻的相關規定來考證，「而這些規定又幾乎全部是針對婦女而言的，其核心是婦女的貞操。聚焦於婦女婚姻的考證，一方面是現實刺激的結果，一方面是考據學者回歸原典、復原先王之道的結果。……，乾嘉考據學者所反對的，是對婦女的苛責，是強加於婦女身上的片面的道德枷鎖，而不是貞女節婦本身。」〔註 47〕透過考證古代婚姻禮制，求索古代婚制婚義，甚至創發出新的見解，對此現代學者張壽安有一段精論：

知識界不僅從婚禮制度的本身反省婚禮，有從其他社會實例所引發的議題去反省婚禮。……，「貞」觀念出現的最始目的，一是贊成「守貞」，一是反對「歸葬」，殊料其論證的張力卻闡發出成妻之意中的「男女合體」婚姻存在之事實，遠重要過「及地一奠」。〔註 48〕

指出當代各家考論之用心，並能將經學詮釋與社會議題做緊密的互動，反映當時關注經驗世界的思想走向。

清儒對於婦女命運的疾呼，也在文學界得到回應。如曹雪芹的《紅樓夢》，對封建禮教下的婦女表達深切關懷，書中所描寫的才女，皆有具體的內涵，既學識淵博、博文強記，又吟詩作賦、彈琴繪畫，展現女性才華內涵的多樣性與豐富性，然眾女子讀書吟詩等皆出自於生命內在的快樂，皆用以陶冶性情，不在爲了得到世俗社會的認可或統治階層的肯定，紅樓女子仍然走不出閨閣，無法擁有立足社會的膽識與才智，此乃《鏡花緣》與其有異之處。

《鏡花緣》的人物以女性爲中心，或曰其爲「一部『才女大全』」，〔註 49〕其中以百花仙子爲首，集美貌、美德、美才於一身，可謂完美與理想的化身；《鏡花緣》中提倡的女才依然以「德」爲第一要件，故在開卷首回便引用班昭的《女誡》來闡明主旨：

昔曹大家《女誡》云：「女有四行：一曰婦德，二曰婦言，三曰婦容，

〔註 47〕張晶萍：〈乾嘉考據學者的婦女觀〉，《湖南師範大學社會科學學報》2004 第 33 卷，第 2 期，頁 89。

〔註 48〕張壽安：〈十八世紀以降傳統婚姻觀念的現代轉化〉，《清代學術論叢》（台北：文津出版社，2001），第三輯，頁 75～76。

〔註 49〕周芬伶：《西遊記與鏡花緣之比較研究》（台中：東海大學中文研究所碩士論文，1980），頁 99。

四曰婦功。」此四者，女人之大節所不可無者也。

小說中有許多爲婦女鳴不平之處，然李汝珍極力讚揚的卻是恪守《女誡》、遵從傳統婦德的女性，這點常爲人所詬病，認爲是自相矛盾之處；〔註 50〕筆者認爲李氏筆下的才女乃是「才」、「德」兼具，強調的即是「女子有才並不會減損其德」之正面意義。書中塑造出的百位才女群，雖然人物個性過於單調，然而它已超越了單一地表現女性的傳統形象，將女性置於更廣闊的社會領域予以關照，不僅僅具備德、言、容、功，更具有才、能、學、識，讓女子透過教育、科試進入國家政治權力機構，有能力參政輔政，從根本上改變女子的地位，李汝珍認定女子讀書是爲了科舉功名，與男性一樣具備應考資格，爲的就是讓女性在政治領域中亦有和男性相互馳騁的可能，此乃李氏思想的進步性。

雖然《鏡花緣》在女子受教育、參政或女兒國的描寫中，可見李汝珍在思想境界上，仍然受制於封建社會下的君臣體制，但可貴的是，他筆下的女子除了與《紅樓夢》一樣具有豐富的內涵與才德，更讓女性勇於走出閨門，對於社會的理想實踐性大大高揚，體現出更多的社會價值，「使女子走向社會的朦朧意識獲得了一個『概念』，從而成爲人們思考的內容。就此點來說，李汝珍的思想意識的前瞻性超過了曹雪芹」。〔註 51〕李氏以濃筆著墨武后首開女試，招納天下女子中的才德之士，輔佐王業的事件，以藝術的形式表達了女性要求走出閨閣，直接步入社會、參與政治事務的新理想，可謂其直接表達了女子參政的社會理想，是性別平等思想深化的具體表現，在當代確實是了不起的進步思想。

一、「男所不欲，勿施於女」——恕道關懷的推展

李汝珍在承認男女智慧平等的思想下，立足於「反求諸己」之思考上，對於女性表達莫大的同情。將長久以來封建制度下男尊女卑的不合理現象，卻被習慣成自然的種種「異樣」，搬上檯面大力諷刺及鞭撻。

孔子論仁，其曰：「己欲立而立人，己欲達而達人。能近取譬，可謂仁之

〔註 50〕參見李昌華〈鏡花緣論〉，《連雲港教育學院學報》1995 年第 4 期，頁 19～20。李氏以武則天下詔的「十二條恩詔」爲例，對婦女要求盡孝盡悌，並且引師蘭言一段話：「非禮勿視、非禮勿聽、非禮勿言、非禮勿動爲女子一生一世之良規」，認爲整體思想還是不脫封建綱常之束縛，甚至暴露了作者思想深處的男女不可平等的觀念。

〔註 51〕吳根友：《中國現代價值觀的初生歷程》，頁 298。

方也已。」〔註52〕認爲爲仁的方法即是「己欲立而立人，己欲達而達人」，以「己欲不欲」之主觀審視當做爲人處世之方針，並進一步曰：「其恕乎，己所不欲，勿施於人」，〔註53〕主張根據內在的依據，根據自身的體驗，去同理別人的心理，才能臻於仁德的境界，可謂個人道德修養無限實踐的過程。

在清代，儒者轉向經驗面的重視，以強調經驗視野與人際關係的角度，從經籍訓詁、考證古訓中建立起證據基礎，重新詮釋「仁學」，將其落實在日用倫常的實踐中，於是有阮元的「相人偶」之仁論產生，以曾子所言、鄭玄所注《中庸》等來加以闡發：

> 元竊謂詮釋「仁」字，不必煩稱遠引，但舉曾子〈制言篇〉「人之相與也，譬如舟車，然相濟達也。人非人不濟，馬非馬不走，水非水不流」；及〈中庸篇〉「仁者，人也。」鄭康成注「讀如相人偶之人」，數語足以明之矣。〔註54〕

阮元將考據結果結合義理思想加以綰合，打破宋明理學家專以「道體」來論仁的模式，將「相人偶」轉入「人非人不濟」中，從而相勉於敬禮忠恕等具體事理上，建立起以人際關懷爲主軸的仁學理論，從兩人協力並耕的「耦耕」本義，延伸爲人與人之間相互關懷、幫助等人際關係，將仁學落實到社會道德領域之中。

中國幾千年來的歷史中，並沒有看到世人將儒學仁道的基本原則：「己所不欲，勿施於人」施予女性身上，李汝珍「反諸其身」，把視野延展到社會現實領域中，在男女平等意識上展現恕道的關懷。《鏡花緣》對於婦女問題的討論是最引起矚目的，或認爲「鏡花緣的主題思想在要求提高婦女地位是十分突出」，並且認爲此乃與「海禁大開，西南洋諸國咸來互市」有關；〔註55〕甚至認爲「鏡花緣是有關中國婦女運動一部空前的傑作」。〔註56〕處於漸萌芽的資本主義與古老的封建制度互相激盪的時代中，新的思想意識不斷的衝擊著舊有傳統思維，在中國漫長的封建社會中，婦女一直是被壓抑的、不具經濟自主能力的，甚至不被當做人看待，而都市經濟的繁榮、手工業的發展，這些資本經濟慢慢鬆動了桎梏，婦女逐漸加入自食其力的手工勞動行列中，也

〔註52〕朱熹集注：《四書讀本・論語》，雍也篇，頁85。
〔註53〕朱熹集注：《四書讀本・論語》，衛靈公篇，頁241。
〔註54〕阮元：《揅經室集・論語論仁論》（北京：中華書局，1993），卷八，頁176。
〔註55〕上二句引自尹文漢：〈鏡花緣述評〉，《文史學報》1977年第12期，頁121。
〔註56〕葛賢寧：《中國小說史》》（台北：中華文化出版事業委員會，1974），頁160。

漸漸使她們意識到自身的價值。魯迅曾剖析道：「一切女子，倘不得到和男子同等的經濟權，我以爲所有的好名目，就都是空話」，〔註57〕指出傳統封建社會中的婦女無法得到解放的最大原因，乃在於婦女無法擁有獨立的經濟基礎，故在經歷晚明個性解放、資本主義的逐步滲透過程中，男女平權的思潮逐漸被一股股的時代浪潮給翻湧、浮上檯面。

這樣的價值觀隨著時潮慢慢在轉移、改變著，可貴的是，李汝珍並無囿於傳統的偏見，他能順應潮流，開展全新的平等觀，其曰「天地英華，原不擇人而異」，〔註58〕明白揭示男女本該平等的基礎，甚至女子具有和男性相同的才華，故《鏡花緣》中的女子，自身皆具獨特的存在價值，主張和男子一樣，可以受教育，具有經濟能力，甚至可以參政輔政或奔赴沙場建立功業，使女子更具廣泛的社會意義，故「《鏡花緣》一書表現了婦女走出閨閣的強烈願望」。〔註59〕中國古典文學中不乏歌頌女子才學與智慧的作品，往往這類的女子才華洋溢，卻缺少經濟上的獨立與謀生的本事，在以男性爲中心的社會中，始終未能擺脫附庸的地位，因此往往無法自主自己的命運，最終只能任由命運的擺佈，《鏡花緣》對於這方面卻有所突破。作品中安排了「女科」，讓受傳統「女子無才便是德」觀念束縛的女子，得以發揮其才性，甚至走上從政之路。

歷來許多研究者，針對《鏡花緣》一書中進步的婦女觀加以肯定，甚至有認爲此書「將來一定要在中國女權史上占一個光榮的位置」者；〔註60〕但亦有人直言，認爲《鏡花緣》在提倡女權的地位上被高估了，甚而提出「有誰提過現在的女權運動是受到《鏡花緣》的影響呢？」的質疑。〔註61〕平心而論，李汝珍筆下，即使在男女顛到錯置的「女兒國」中，只是將身爲男子者視爲女性，身爲女子者視爲丈夫，將兩性上的名稱換個名字罷了，而實質上還是具有封建社會下男尊女卑的本質，故要稱其具有強烈的女權思想是強攀了些；在《鏡花緣》中，是肯定有尊卑階級的，但不是由性別所決定，如「淑士國」中即以己身學問做爲尊卑依據；李氏即從男女平權的意識出發，

〔註57〕魯迅：《魯迅全集》（北京：人民文學出版社，1981），頁598。

〔註58〕李汝珍：《鏡花緣》，頁277。

〔註59〕馬濟萍：〈膽識與賢智兼收，才色與情韻並列〉，《連雲港師範高等專科學校學報》2005年第1期，頁62。

〔註60〕胡適：《鏡花緣的引論》，頁433。

〔註61〕李辰冬：〈鏡花緣的價值〉，《李辰冬古典小說研究論集》，頁334。

將「女人」提升到本來該有的位置：「人」來看，並非要強行打破男女的界線與限制，冀望的無非是多一些將心比心、以情絜情的道德反思。《鏡花緣》中，那一百個才女的聰明才智決不在男子之下，並認爲婦女應與男子有同等的機會受教育、參與時政，所謂「況今日靈秀，不獨鍾於男子」，〔註 62〕才女們沒有把自己假扮成男子，而且還爲女子的身份自豪，她們成群結隊，呼朋引類，去顯示女性的才華。李汝珍以「己所不欲，勿施於人」的原則，推己及人施於在封建社會下不被以「人」相待的女性，塑造了男女顛倒的「女兒國」，顛覆了傳統「男尊女卑」的社會價值，亦是性別平等意識的抬頭。

《鏡花緣》中的女子所讀之書，非僅止於四書五經，其內容包羅萬象，不主一科，除了經、史、詩、賦無所不能外，還熟諳音韻、刑法、曆算、醫卜、樂律等等，且對馬吊、雙陸、鬥草、投壺等民間百戲亦精通之，所學如此五花八門，除了與作者本身濃厚的才學色彩有關外，顯然這與作者長期生活在民間亦脫不了干係。李氏曾受教於淩廷堪，在「以禮代理」的思維上必有所啓發，身處民間、最貼近民心所向的社會下層，最能體會傳統「禮教規範」的不合理性，在公私觀念有所移易的潮流中，清儒賦予個人在「不害義」中追求利益的合法性，李氏立足於這樣的公私、義利觀上，進一步把「女人」當作「人」，將傳統中淪爲男性附庸地位的女性解放出來，賦予獨立的人格與自主權，讓女人具有更廣泛的社會價值，可以跟男人一樣追求個人利益，如此推己及人的胸懷，似乎具有「仁學」之色彩。所謂「李汝珍的《鏡花緣》更是一部反映十八世紀人文思想家對婦女問題思考的奇書」，〔註 63〕足見李氏乃爲女性同情論者，在追求男女地位平等、權利平等的功績上，被視爲進步的婦女思想的先聲。其立足於「己所不欲，勿施於人」的基本思想上，以己度人，所度之人即是千百年來受禮教束縛的傳統女性，總總不平之鳴皆是作者站在「性別互換」的位置上開展，挑動著中國傳統社會中男女永遠無法平等的敏感神經，讀來著實令人大感暢快。

二、「女兒國」中的性別換位思考

中國傳統社會中，對於女性，除了給予禮教上、精神上的壓力之外，還給

〔註 62〕李汝珍：《鏡花緣》，頁 107。

〔註 63〕馮天瑜、周積明等：《中華文化史》（台北：桂冠圖書公司，1993），下冊，頁 1224。

予肉體上的不人道壓迫，如纏足等。李汝珍在《鏡花緣》中，對於傳統的婦女問題，包括纏足、婚姻、教育、貞操、地位等，都超脫一般見解，其用形象的方式、幽默的手法，立足在「推己及人」的恕道之上，將男女互換位置，讓男權社會下的男人體會皮肉之痛及人格失落的恥辱。《鏡花緣》最爲大家樂道者，乃是男女性別易位的「女兒國」，雖然情節幽默，讀之令人莞爾，但諷刺意味甚濃，亦是本於對恕道——「吾不欲加諸我也，我亦欲無加諸人」之呼應。《鏡花緣》寫唐敖跟隨妻兄林之洋乘船出海，歷經了許多國家，最引人注目的就屬「女兒國」。在此國度中，把傳統社會中的男子和女子的地位顛倒過來，在纏足、貞節觀、裝扮等層面上，做了性別換位的思考，將男人置換女人的社會角色，讓男人設身處地體驗千百年來施於女子身上的禮教規矩，其滋味不言可喻。以下將《鏡花緣》中性別換位後之故事情節，做一剖析：

1、反對穿耳

林之洋將被國王封爲王妃，在進宮前先經宮娥的一番改造中，從修容、穿耳中可以見到女子身上所受之苦：

> 從穿耳開始，白鬚宮娥手拿針線，「先把右耳用指將那穿針之處碾了幾碾，登時一針穿過。林之洋大叫一聲痛殺俺了，望後一仰，幸虧宮娥扶住，又把左耳用手碾了幾碾，也是一針穿過，林之洋只痛的喊叫連聲。兩耳穿過，用些鉛粉塗上。揉了幾揉，帶了一副八寶金環。」（33 回）

過程看似簡單，卻也讓林之洋大叫痛殺俺了。然而這樣痛苦的吶喊，喊出的是千百年來婦女遭受折磨的痛苦和辛酸。

2、女子纏足、穿耳之諷刺

「纏足」一直是中國婦女在社會地位最集中、最具形象的寫照。傳統的中國社會觀念，男尊女卑的思想支配著男女關係，男子將女子當爲玩物，特別是五代以來，盛行的纏足風氣，以腳的大小視爲男人擇偶的一個重點，皆以小腳爲貴，因此女子自幼即須忍受纏足之苦。關於纏足發生的原因，約可歸納有四點：（1）人欲之要求；（2）女性的約束；（3）男女之區分；(4)貞節之保持。〔註 64〕纏足之風不脫取悅男子之初衷，久之，反成爲女人競相比美的標誌。在《金瓶梅》中，「三寸金蓮」是讓潘金蓮奪得性權利和婚姻地位的

〔註 64〕引自賈伸：〈中華婦女纏足考〉，《史地學報》1924 年第三卷，三期，頁 184～185。

功臣之一，當她見到鄭愛月兒時，兩人評比的即是腳的小、尖、趫，反映出有些女子以小腳作爲優越感的象徵。然而纏好的小腳，甚至成爲被品鑑的藝術品，清代李漁曾大談纏足美學，其曰：「瘦欲無形，越看越生憐惜，此用之在日者也；柔若無骨，愈親愈耐撫摩，此用之在夜者也。」〔註 65〕徹底將女性給玩物化，卻也關係到女子一生的幸福，及在家庭、婚姻上的地位，故纏足能蔚爲一股強流。

然而亦有爲女子纏足之苦而發聲者，如袁枚：「女子足小，有何佳處？而舉世趨之若狂。吾以爲戕賊兒女之手足以取妍媚，猶之火化父母之骸骨以求福利。」〔註 66〕痛斥爲人父母者，對自己骨肉施以不人道之纏足，乃是私蠢之事。李汝珍也注意到這樣的惡俗及痛苦，這樣的苦在第三十三回至三十四回中有深刻的描寫，透過林之洋受困於女兒國，被纏腳裹足之經過可以窺見。

首先用「白礬灑在腳縫內，將五個腳指緊緊靠在一處，又將腳面用力曲作彎弓一般，即用白綾纏裹」，然後拿著針線，「一面狠纏，一面密縫」，林之洋只覺腳上如炭火燒的一般，一陣心酸，不禁放聲大哭。纏足的痛苦令他半夜疼醒，「即將白綾左撕右解，費盡無窮之力，才扯下來，把十個腳指個個舒開」，這才能沉沉睡去，但換來的是次日的一陣笞打責罰，於是「林之洋兩隻金蓮，被眾宮人今日也纏，明日也纏，並用藥水薰洗，未及半月，已將腳面彎曲，折作凹段，十指具已腐爛，日日鮮血淋漓。」兩足就如刀割針刺一般，痛得林之洋置生死於度外，寧死而不肯纏足，大喊「教俺早死俺越感激。」時過幾十日，「那足上腐爛的肉都已變成膿水，業已流盡，只剩幾根枯骨，兩足甚覺瘦小」，纏足至此才大功告成。這樣的痛苦把林之洋折磨得生不如死，然這卻是中國婦女長時間以來所忍受的不平遭遇，於是李汝珍借男人做爲纏足的對象，爲女人抱不平。在第十二回君子國一段中，也曾借著吳之和之口，批評婦女纏足之陋習，中國傳統社會認爲纏足「係爲美觀而設，若不如此，即爲不美。」吳之和提出質疑：「試問鼻大者削之使小，額高者削之使平，人必謂爲殘廢之人，何以兩足殘缺，步履艱難，卻又爲美？」並且認爲「與造淫具何異？」對於歷來女子被奴化、物化所受之苦予以出氣伸冤，「將心比心」的同理、恕道之情表露無疑，可謂反對纏足最透闢者。

〔註 65〕李漁：《閒情偶寄》（台北：明文書局，2002），頁 24。
〔註 66〕袁枚：《牘外餘言》（台北：新文豐出版公司，1989），頁 111。

3、反對男女雙重標準的貞節觀：

在傳統中國社會中，貞節觀往往只用於約束婦女，所謂「一女不事二夫」，並教育女子「餓死事小，失節事大」的觀念，婦女深受名教的束縛，即使丈夫早死，也要堅守貞節，好立個「貞節牌坊」的美名，因此「貞節觀念經明代一度轟轟烈烈的提倡，變得非常狹義，差不多成了宗教，非但夫死守節，認為當然；未嫁夫死，也要盡節；偶為男子調戲，也要尋死；婦女的生命，變得毫不值錢。」〔註 67〕貞節成了婦女的第一生命。反觀中國傳統婚姻形式中，一夫一妻雖具主導地位，但在官紳宦衿和富貴名門圈子裡，卻廣泛存在一夫多妻的形式，所謂的「多妻」包括嫡正者稱妻、側從者稱妾，前者只有一位，後者可以多位；納妾的理由不出幾點：為地位和權利的象徵、生育兒子傳宗接代、協助處理家務等等。「妾的出現與存在，反映了中國古代社會中，男子對女子具有絕對支配的權力，也是社會階級制深入人際關係各個領域的突出表現」，〔註 68〕招妻納妾反映著男女在婚姻關係上的不平等，也是男尊女卑思想下的產物。

李汝珍是反對討妾的。當林之洋被封為妃之後：

> 早有宮娥預備香湯，替他洗浴，換了襖褲，穿了衫裙，把那一雙大金蓮暫且穿了綾襪，頭上梳了髻兒，搽了許多頭油，戴了鳳釵，搽了一臉香粉，又把嘴唇染得通紅，手上戴了戒指，腕上戴了金鐲。（33 回）

林之洋被宮娥一一擺佈，活像個怪物，然向來婦女的打扮不就是如此？

廣納妻妾看在李汝珍的眼中，無疑是強盜的舉止，在第五十一回中，安排了「悍可降夫」的大盜夫人，痛斥了男人：「假如我要討個男妾，日日把你冷淡，你可歡喜？你們做男子的，在貧賤時原也講些倫常之道，一經轉到富貴場中，就生出許多炎涼樣子，把本來面目都忘了；不獨疏親慢友，種種驕傲，並將糟糠之情，也置度外。這真是強盜行為，已該碎屍萬段！你還只想置妾，哪裡有個忠恕之道？我不打你別的，我只打你『只知有己、不知有人』，……總而言之，你不討妾則已，若要討妾，必須替我先討個男妾，我才依哩。」這大盜夫人批判的論點乃是：「只知有己、不知有人」，其理論根據依然是「己所不欲，勿施於人」的恕道，男女皆為人，何有雙重之道德標準？

〔註 67〕陳東原：《中國婦女生活史》（台北：商務印書館，1994），頁 241。

〔註 68〕郭松義〈清代的納妾制度〉，收錄於鮑家麟等編《近代中國婦女史研究》（台北：中央研究院近代史研究所，1996），第四期，頁 241。

亦徹底顛覆傳統一味要求女子替男子守貞，而男子不須爲女子守節的觀念。

乾嘉學者回歸原典，透過由字通詞、由詞通句的考據方式來掌握六經之本義，轉向經驗面的重視，試圖恢復漢儒順乎人情、合乎人性的一面，因而關注於現實生活中的人倫日用。乾嘉考據學者中，如汪中、錢大昕、俞正燮等人，把這樣的社會關懷聚焦在婦女問題上，提出包括反對婦女纏足、反對室女守節等主張，皆是清代中葉以後的思想反動。李汝珍的「女兒國」乃本著「諷刺」、「批判」、「同理」等主旨，並結合了「諧謔」同時展現的，不僅著眼於社會問題、種種弊病，更能進一步開展推己及人的忠恕之道，爲社會上男尊女卑的不公現象發聲，更見其提倡男女平等思想之初乍曙光，讀來更有震撼力，乃彌足珍貴之處。

第六章　結　論

《鏡花緣》有如一部「萬寶全書」，在小說史上寫下一頁的璀璨。甚而有將它歸爲「清代四大才學小說」之一者：

> 《野叟曝言》、《蟫史》、《燕山外史》、《鏡花緣》四部「才學小說」，乃是以小說的形式，羅列、炫耀個人才學的作品。作者的創作本衷是「露才顯能」，亦即「以撰寫小說爲手段、工具，試圖達成其展現、炫耀個人才學的主要目的」。〔註1〕

認爲「才學小說」與傳統小說的不同處，乃在「才學小說」是作者用以展現己身之才學作爲創作之目的，故小說僅是其利用之工具而已。筆者認爲將《鏡花緣》一書歸爲「才學小說」之列，無可厚非；但若認爲李汝珍創作此書，其主要目的是爲了「展現、炫耀個人才學」，乃「爲己」之說法，則顯得太過狹隘，因爲若從乾嘉新義理學的學風思路來看，李汝珍是深受影響的，並且《鏡花緣》是有其思想意義及貼近現實的價值。

生於中國封建社會末世、資本主義萌發之際的李汝珍，面對的是理學受到嚴酷批判、小農經濟轉向商品經濟的時代變革，尤其身處在鹽業發達的海州，加上師承淩廷堪，並與許多當代學者交游，故李氏將經濟轉型後所帶來的豪風侈俗造成的種種人心失衡現象做爲背景，將乾嘉以來的「禮學」思潮灌注其中，編織完成一代奇書——《鏡花緣》。

綜觀李氏其人，堪稱聰明絕世、博學多聞，舉凡星卜、象緯、壬遁、醫藥、音韻等無所不學，獨不屑章句帖括之學，然在科舉制度取士的當代，如

〔註1〕王瓊玲：《清代四大才學小說》，頁7。

此津逮淵富的學問顯得不合時宜，故其一生仕途走來坎坷自是必然，但豪爽不羈的個性與關懷現實的奇筆，寫下此部鉅作，成為不朽。

「乾嘉新義理學」是「清代新義理學」的主軸，乃透過尊經崇漢、徵實博考的考據方法，強調形下氣化的世界及經驗界的價值；李汝珍以其敏銳的觀察力，豐富的學識，利用寓言的方式，將出洋所見的奇風異俗、社會陋俗、人性弱點，加以諷刺，並提出有效的改革與主張；全書以建設一個理想社會為藍圖，對當世社會的種種弊端給予了尖銳的諷刺和批評，除了言志逞才，尚有表達理想的目的。李汝珍受到清初「通經致用」思潮的影響，運用求證考據的手段，走向在經典中求出路的學術路線，循著「數典談經」的原則來寫小說，對海外風土人情、奇珍異獸的描寫，大都以《山海經》、《博物志》等古籍為依據來加以改編或做擴展，而談論經史之學、音訓考據之處亦比比皆是，如論證《論語》、《孟子》、《毛詩》、《周易》、《春秋》及大談音韻反切等，皆使小說創作向學術研究的方向轉移，匯集才、學、識、藝的創作手法卻更能廣納雅俗。

本論文乃將《鏡花緣》中的禮學色彩加以凸顯，對於「通情遂欲」的新理欲觀多所呼應，肯定清儒「理者，存乎欲者也」主張，在欲本乎人性的主張下，認為所有的作為只要「歸於至當不可易」，只要是合理、合道的欲，都可以成為一切事為的原動力，並推向「終善」的要求。《鏡花緣》中處處可見尊情尚智的新思想動向，對於七情六欲、男女情欲、人性私心、追求正當利益、惻隱之情、生活情趣等皆有正面的呼應，甚至以「才學高的為貴，不讀書的為賤」來誇顯「德性資於學問」的價值意識，〔註2〕並從百名才女身上，不只看到「閨氣」，還看到「才氣」，不僅可以大談音韻，並可詳考各家注經之說，處處可見作者「重智」、「重學」的主張。

李氏的禮學思想承續於淩廷堪的禮學主張，在《鏡花緣》中大篇幅考據《三禮》，藉女子之口曰：「典制本從義理而生，義理也從典制而見，原是互相表裡。」〔註3〕與淩氏主張所格之物乃是禮的說法不謀而合，並高度肯定《禮》的價值。「以禮經世」成為作者的理想，於是建構了「好讓不爭」的君子國。謙讓有禮、克己讓人乃是君子國的主要特徵，強調生活的富足、閒適，人與人之間的合諧性，沒有爾虞我詐，回歸原始質樸之人性，其核心乃是一個「禮」

〔註2〕李汝珍：《鏡花緣》，頁110。
〔註3〕李汝珍：《鏡花緣》，頁349。

字，表達了建立在禮制基礎上的人際關係，才會有眞正自由平等的理想社會的想法。

乾隆、嘉慶到道光是清朝國勢由興盛漸走下坡的扭轉點，面對多元和多變的社會價値、型態轉變，程朱理學早已失去生機，趨變爲空虛的倫理教條，故講求經世致用、強調實證的清代義理學說順勢興起，迫使知識份子要將視野和精力轉移到社會的現實中，引領儒學將視域及論域從形上界轉移到現象界的思想演進，對於傳統以來一貫沿襲的理學教條權威、傳統價値觀，出現了反思與批判。李氏身處於如此時代氛圍中，自然將視角伸展到現實社會中的每個角落中，以寓言的形式，描寫出的海外世界卻處處是當代社會的縮影，在「以文爲戲」的藝術色彩中，卻不失其寫實性及批判性。在旅遊海外途中，不同的國度裡有著不同面貌的人民，誇張、荒誕的筆法與想像令人折服，卻又是不折不扣表現在社會中各類人物形態的倒影，尤其側重於人性的醜陋和陰暗面的著墨，以反映人性的複雜。對中國社會黑暗面的刻劃多過於光明面的描寫，透過其幽默兼及諷刺之筆，不難見其對社會具批評、改革之志。因此李汝珍在《鏡花緣》中，針對自己所認爲的「人性弱點」、「社會陋習」、「科舉陋相」，以文學之筆呈現多樣貌的批評面向與見解，皆可見李氏乃爲關注社會現實、富有進步意識的文學家。

關於《鏡花緣》的寫作手法，全書的整體情節乃寓勸善於「定數」之中，故情節性相對削弱不少，沒有劇烈的動作和懸念，卻能使其敘事邏輯化、合理化。在前六回的神話敘述結構中，運用了預示技巧，以果推因，即可窺知整部書的結局：從第二回中，王母道出「群花定數」，意謂著百花仙子注定要逢一劫：獲罪謫凡；因此一場由仙入凡，再由凡返仙的戲碼就依這神秘、先驗的「定數」而展開。然而在實現這些定數者即是靠「緣」的推衍，例如唐小山爲了尋父而展開的兩次海外之行，歷經了四次磨難：君子國遇水怪、田木島亥木山遇果核妖、小蓬萊遇虎、兩面國遇大盜等，皆適逢百草仙子、百果仙子、百谷仙子、百介大仙、百鱗大仙等昔日仙界宿友的化解，而爲了要將故事邏輯化、讓情節合理化，作者乃藉一「緣」字聯繫之，無論是天緣、仙緣、機緣、舊緣，或是塵緣、宿緣、姻緣，其本質都是指向必然性的定數。除此之外，《鏡花緣》的另一定數觀念表現在「因果報應說」上面，不論是在海外遊歷，或在百女聚會的過程中，處處可見善有善報、惡有惡報的因果連繫筆法，甚至藉由師蘭言之口直斥王充所謂「福虛禍虛」是「邪理」，並大量引用儒家經典來證明「善惡昭彰」，讓天具有絕對的權威，人都生活在其下，順應天理、爲善修德者，可得福；反之，悖逆天理、爲非作歹者會遭禍。李汝珍立足在即氣論性的善惡觀上，強調善惡果報，雜揉佛家的輪迴觀念，並提出習善去惡的主張，強調善在經驗現實界的落實，此乃與「終善」的要求相互呼應，亦達到勸善去惡的醒世效果，例如將善惡以色彩之氣顯現於外的國度——大人國，即是此思想的代表，此國之人皆乘雲而走，而此雲乃由足生，其色全由心生，總在行爲善惡，不在富貴貧賤，大具警惕世人之意。

百花眾仙下凡是爲了贖罪，在經歷過考驗試煉後就可以重返仙界，形成傳統的「天上罪譴者需要被罰到人間解罪，然後歷劫回歸天上」的循環類型，這種情節發展完全是呼應著「謫譴」的神話主題，反映了民眾的宿命論式的宇宙觀和人生觀。不管是百花被謫、心月狐星降生人間即爲武則天或玉碑記事等等，都是天命所定，具有不可抗逆性，「命」在《鏡花緣》中成爲所有人物生命際遇的設定，然而，書中人物對於天命總是持著順應的態度。但在「聽天命」之前，強調的即是「盡人事」，所謂「天下無場外的舉人」，在人事未盡之前，不得委之於命，擺脫傳統的消極宿命觀念，偏重於「經驗現實界」的努力。眾仙子由仙入凡、再由凡反仙的歷程中，不但以立善修德爲重要途徑，更以破酒、色、財、氣爲重要法門。定數雖是天定，但既謫爲凡人，就必須遵守人世間的秩序，在《鏡花緣》中，是肯定有尊卑階級的，但不是由性別所決定。從百名才女被分爲三等，乃是依據才女們的「才學」及「德性」而分，其尊卑乃以品性的好壞和才學的有無來決定，這種強調學與德的客觀實踐、具體作用的思維，不難跟清代重智主義的道德觀有所關聯。從另一個方向來看，作者如此安排，連仙界都有尊卑之分，天界各司之神都遵循著自然秩序的運行，對應到凡間，人間的一切現象亦取定於天界，滾滾紅塵中的尊卑階級亦是命定安排，每個人都該順應這樣的倫常，所謂「《禮》者，三千之本，人倫之至道」，〔註 4〕人世間的人倫中所產生的支配力量正可輔助定數，與定數合力而行，這樣的秩序是不容破壞的，大千世界的秩序才得以有所適從。

對於當代手工業、商業繁榮發展所帶來的社會現象與道德反思，包括公私觀、義利觀的轉變等，皆反映在李汝珍的創作中。從義利對立的「貴義賤利」觀中，到認同「義利同趨」的「兼重義利」、不諱言利的思想轉變過程，

〔註 4〕 同前註，頁 347。

是值得探討的。明清以來，對於理學家「存理滅欲」的批判，資本主義的滲透，尊情風潮的吹襲，讓追求「私利」漸漸得到正視。從明儒王守仁提出「異業而同道」的「新四民觀」，到黃宗羲「工商皆本」等思想主張，不難看出明代中葉到明末清初以來，已經重新審估商人階層的社會價值，甚至有「棄儒就商」的風氣出現，反映當時的社會現實與思維動向。明末清初的陳確並進一步提出「學者以治生爲本」之新題，其後的唐甄、顏元亦皆倡言功利。《鏡花緣》對於世風的虛僞、道德的淪喪種種弊象多所針砭，但對於從商、謀商的經濟行爲卻不見貶筆，甚至塑造棄儒從商的新知識份子形象，如多九公、林之洋等人，顛覆「萬般皆下品，唯有讀書高」之傳統價值觀，如此重新審視商人地位的新價值觀，無疑是對王陽明的「新四民觀」與陳確「治生論」的呼應。

士農工商的平等，代表的亦是人格上的平等。作者轉向性別上的平等大加著墨，此乃歷來學者對於李汝珍讚嘆之處，認爲乃爲婦女發聲，甚至是女權思想之作。理學家對於婦女施予禮教的束縛是最無以復加的，往往造成「以理殺人」之殉節情事發生。自晚明以來，出現了對於假道學的反動，對於「存理滅欲」的教條質疑，徐渭、李贄、汪中、錢大昕、唐甄等人皆爲婦女悽慘際遇而發聲，如汪中提出「夫婦，人道之始」說，唐甄也曾提出「男女，一也」等。到了乾嘉時期，學者試圖透過考據義理的方式，恢復原始儒學之本義，探究男女在社會、婚姻上的地位，展現順乎人性、應乎人情的一面。李汝珍立足在「反求諸己」上，以傳統封建社會中的男女價值、權利爲思考點，開展出「男所不欲，勿施於女」的性別平等意識，讓婦女直接有受教育、有參政的權利，並設計了男女易位的「女兒國」，讓男子嚐嚐千百年來加諸婦女身心上的痛苦，包括纏足、穿耳等等，此乃最爲後人所津津樂道者。

本文研究即站在清代新義理學之發展主軸上，將《鏡花緣》與義理學思想做結合、考察，茲將其思想價值提要於下：

1、受染於乾嘉學風的才學色彩

前賢諸輩在研究《鏡花緣》上，多認同作者以學富五車、炫才博學見稱，究其原因，或以爲乃科舉不遂、寄託憤慨，或以爲純粹出自逞才恃能，多未能針對其學思脈絡及當代乾嘉學風之背景來做探討，而使其才學停留在「爲己」的評價上，實有失公允；本論文即站在其師學淩廷堪且深受乾嘉學風的宏觀角度上，來檢驗《鏡花緣》中的才豐學富。

中國的傳統學術，發展到明末清初，伴隨著當時「天崩地解」的社會大變革，明顯地產生嬗遞和演變。對於清代的學術思想，往往有「清代的高壓政權，已使這些思想嫩芽，不能舒展長成，而全歸夭折了」的迷思，〔註5〕認定清代是只做考證餖飣、沒有思想的時代；然清代考據學的興盛，若能從「儒學必然的內在理路演進」來分析，就可了解此乃當代「轉向重視形下氣化價值觀之丕變」、「落實到客觀實證方法論之異趨」之發展，換言之，道器觀兼重的「價值轉型」得到正視，至少應肯定「強調『道德之形上面價值或經驗面價值』兩種不同類型的存在」，〔註6〕這也交會織成了清代由經典考據到哲學層次的「漢宋之爭」，各自援引考據學以駁倒對方，爲自己的義理立場助陣，引領「清代新義理學」思想的順勢而生。

李汝珍師承於淩廷堪，淩氏乃當代考證學者，亦是禮學名家，率先提出「以禮代理」主張，直接向宋明理學挑戰，欲將儒學思想從宋明理學的形上形式，轉向禮學治世的實用形式，亦讓清儒自清初顧炎武以來「經學即理學」和戴震所提倡「道在六經」、「訓詁明而後義理明」的實學主張，到此有了從思想到實踐的完整體系，由此得見，淩氏在當代思想界地位之隆盛，從此書亦可見李汝珍受淩師影響之深。

乾嘉學派「無徵不信」，重視考證，以經學爲中心，而旁及小學、音韻、歷史、地理、天文、曆算、金石、典制、校勘、輯佚、辨僞等，於是《鏡花緣》中大篇幅的考訂音韻、考據儒家經典，如《論語》、《孟子》、《毛詩》、《周易》、《春秋》等等，且能有所創見；再者，書中所描寫的數十個遠方異國，多脫胎於《山海經》、《博物志》、《神異經》等古籍並加以生發，連各國的地理位置也與《山海經》所記皆同；甚者，出現的奇花異草、珍禽怪獸也都有所來歷，有跡可考。至於，小說後半部份，描寫百位才女的各項文化娛樂活動，有猜燈謎、行酒令等，把經籍、詩文、曲賦巧妙地鑲崁其中，甚至做了迴文璇璣圖詩，涉及的知識層面頗爲廣泛，皆可見其受考證時風影響，並能厚積博發之展現。而其師淩廷堪終其一生，對於人間生活的基本欲望直抱正面肯定的態度，故其致力於俗樂的研究，著有《燕樂考原》一書，認爲音樂戲曲皆是人類表達情感的方式，若執意要求其雅正，恐失宣洩情感的功能，〔註7〕故《鏡花緣》中，百

〔註5〕 錢穆：《中國思想史》（台北：學生書局，1985），頁244～245。

〔註6〕 詳參業師張麗珠：《清代義理學新貌》，頁64～89。

〔註7〕 其文集中頗多談論琴、笛、燕樂之處，詳參淩廷堪：《校禮堂文集》，〈述琴〉、

位才女展露對音樂及琴技之才藝，亦是有得於淩氏門下之耳濡目染，對於雜技百戲之描寫，有馬吊、雙陸、花湖、射箭、劍舞、投壺、蹴鞠等等，不專文人雅士之暇嗜，較能符合各階層讀者之胃口，亦可體見其用心。要之，李氏鎔才學與實學而鑄成《鏡花緣》一書，實受其時代風氣感染，雖非以思想義理之學問稱世，但李氏將考證精神結合高度社會意識體現在《鏡花緣》中，可謂揮灑得淋漓盡致。

2、反映當代新道德、價值觀

十八世紀，值「康乾之世」時，中國在政治經濟各方面都達到相對的發展與穩定，卻也是中國由盛轉衰的轉折點。十八世紀特別是乾隆年間，是中國社會封建統治相對穩固、思想控制相對嚴立的時期，執政當局以程朱禮學作爲官方哲學和統治思想，企圖透過對文化的積極參與，營造出一代封建王朝所特有的博大恢弘的文治氣象；但是，在「藉『道統』以爲『治統』後盾的政治目的」下，〔註8〕施以籠絡與鎮壓並重的手段，理學漸走向教條、僵化；興而替之的是，從清初以來以通經致用爲目的、以樸實考經證史爲方法的實學思潮，以經學濟理學之窮的考據學位居當時學術主流地位。再者，在義理學的發展上，以戴震爲代表的乾嘉新義理學，轉向以現象界爲論域，發揚經驗面價值，包括「從『天理』到『事理』與『情理』的核心價值轉移」、「強調禮治理想的『禮學』傳統」、「從『黜情』到『尊情』的情性觀」、「綰合德、智的『重智』道德觀」、「從『求利害義』到『義利合一』的新義利觀」、「從『主觀存養』到『客觀事爲』的工夫論」等層面，〔註9〕故對於程朱理學的倫理價值觀和封建綱常名教的質疑，對人的個體價值肯定和個性解放的追求，乃至於對於女性的關懷，皆爲當時清儒批判、關心的領域。

本論文在《鏡花緣》的瑰奇藝術形式中，察見李氏對於當代新義理所發展出來的道德觀、價值觀有所暗合。歷來學者對於《鏡花緣》的評價，除落在其炫才逞學上之外，對於其爲封建社會中飽受淩辱的弱女子揚眉吐氣，多認爲乃其卓識，然而這些小光芒卻無法將李氏受乾嘉義理影響、生發而暗藏的思想給照亮；李氏熱情讚頌女子「今日靈秀，不獨鍾於男子」，書中一百位才女成群結隊赴女試，甚至設計出爲傳統婦女打抱不平的「女兒國」，皆顯示

〈述笛〉、〈燕樂二十八調說〉等篇。

〔註8〕 業師張麗珠：《清代的義理學轉型》，頁231。

〔註9〕 詳參業師張麗珠：《清代的義理學轉型》，第八章，頁388～396。

其主張「以情絜情」、「推己及人」的忠恕思想，卻不足以反映其對於當代新道德觀、價値觀的注意。在《鏡花緣》中凸顯的是「禮學」色彩，在肯定人欲的基礎上，認爲出自人的自然本性的合理情欲都該得到滿足，如此思想展現在對於七情六欲的順應、男女情欲的正視、人性私心的顯現、正當利益的追求、惻隱之情的呼應、生活情趣的重視等，故李氏不諱言情，不諱言利，甚至進一步刻劃重商好利的行徑、深諳奇貨可居的商賈心態，寫來毫無貶筆，將「義利合趨」、「尊情尚智」的新思維灌注於內；另者，在李汝珍筆下，是肯定尊卑階級的，但不是由性別決定，其設計的「淑士國」、「黑齒國」中，乃以讀書與否做爲貴賤標準，並將道德實踐的要求落在重問學、貴擴充上，在積極勸善的因果報應上，主張習善去惡，皆以強調「終善」爲目的，皆是對當代重視經驗、現實的一種呼應。故在《鏡花緣》中，可見其暗合於當代正視情欲並轉向重智道德觀的形跡。

3、針砭現實並建構理想社會之經世思想

乾嘉時期隨著清朝統治由盛轉衰、資本主義的入侵等因素，面臨了許多矛盾與問題。這種新舊交替、中外衝突所帶來的各種變化，包括在治水工程、鹽業等重要經濟領域，皆能有所反映。李汝珍長期生活在製鹽業發達的板浦，對於鹽利財富帶來的光怪陸離生活深有所感，於是將之化爲《鏡花緣》筆下此些奇幻海外國度的所見所聞，以寓言的架構，對於人心鄙陋、社會弊病予以針砭。並且受到清初「通經致用」思潮的影響，一方面「數典談經」，達到「由詞通道」的目的，一方面又「於社會制度，亦有不平，每設事端，以寓理想」，〔註10〕以建設一個理想社會爲藍圖，對當世社會的種種弊端給予了尖銳的諷刺和批評。

李汝珍在《鏡花緣》中，針對自己所見：「人性弱點」——惡、「社會靡風」——虛、「科舉制度」——陋，以文學之筆呈現多樣貌的批評面向與見解。以海外遊歷所經國度爲本，將社會現實中各種形形色色的人物嘴臉放入其中，及構成一個個海外奇異世界，在詼諧戲謔的表現手法中，深切表達其諷刺之旨及對社會的高度關懷。並進一步擘畫內心的烏托邦，乃爲「以禮經世」、「好讓不爭」的君子國，然這樣的「桃花源」自然是不得見於現實社會中，終究是「鏡花水月」，更是憂國憂民的文人儒士心中的隱痛。

〔註10〕魯迅：《中國小說史略》，頁311。

《鏡花緣》一書的大結構，採取以楔子、正文、結尾的敘述方式，讓百花獲罪遭貶，經歷人間劫難，再重返天庭的情節，歸結於「謫仙結構」上，〔註 11〕將百回的大結構預設在「緣」的定數上，因此缺少了「懸念」，甚至在人物個性的塑造上及情節的推衍上，都呈現呆板、不合情理之處，故《鏡花緣》往往不被與《紅樓夢》相提並論，多認爲其乃「掉書袋」之作，鮮以其蘊含之義理思想作研究對象；筆者無妄將《鏡花緣》之地位無限抬舉，然謹以披沙揀金之功，將其對當代義理思想——理欲觀與價值觀做一合趨、綰合之後，足見其思想光芒；而本論文針對《鏡花緣》在藝術表現及結構呈現等方面之討論，確有論及未深之憾；然將《鏡花緣》中反映當代「禮學」的思潮部分加以突顯，通過新義理思想洗禮、淬礪後，再審視、呼應之，將《鏡花緣》的研探帶入新的視野中，並更能貼近當代思想及作者創作意旨。

〔註 11〕詳參李豐楙：〈罪罰與解救：《鏡花緣》的謫仙結構研究〉，頁 106～107。

參考文獻

一、經、史類（依作者年代先後排序）

1. 《毛詩正義》，毛公傳、孔穎達正義，台北：新文豐出版公司，2001年。
2. 《禮記注疏》，鄭玄注、孔穎達正義，台北：新文豐出版公司，2001年。
3. 《四書集注》，朱熹，台北：世界書局，1956年。
4. 《讀四書大全說》，王夫之，台北：河洛圖書出版社，1974年。
5. 《孟子正義》，焦循，台北：中華書局，1966年。
6. 《孟子字義疏證》，戴震，台北：廣文書局，1978年。
7. 《海州直隸志》，唐仲冕等修，台北：成文出版社，1966年。
8. 《李氏音鑑》，李汝珍，上海：古籍出版社（續修四庫全書），2000年。
9. 《史記會注考證》，瀧川龜太郎，台北：萬卷樓圖書公司，1993年。

二、子、集類（依作者年代排序）

1. 《管子》，管仲，杭州：人民出版社，1987年。
2. 《荀子集解》，王先謙，台北：藝文印書館，2000年。
3. 《論衡》，王充，台北：黎明文化公司，1996年。
4. 《世説新語》，劉義慶，台北：中華書局，1992年。
5. 《張載集》，張載，台北：漢京文化出版社，2004年。
6. 《張子正蒙》，張載著，王夫之注，上海：上海古籍出版社，2000年。
7. 《二程集》，程頤，台北：漢京文化出版社，1983年。
8. 《近思錄集註》，朱子編，清江永集註，台北：中華書局，1973年。

9. 《朱子語類》，朱熹，北京：中華書局，1986 年。
10. 《朱子文集》，朱熹，台北：德富古籍出版社，1986 年。
11. 《象山語錄》，陸九淵，台北：上海古籍出版社，2000 年。
12. 《東維子集》，楊維楨，台北：台灣商務印書館（文淵閣四庫全書），2003 年。
13. 《困知記》，羅欽順，台北：商務印書館，1990 年。
14. 《空同先生集》，李夢陽，台北：偉文圖書出版社，1976 年。
15. 《王陽明全集》，王陽明，上海：上海古籍出版社，1992 年。
16. 《心齋約言》，王艮，北京：中華書局，1991 年。
17. 《四溟詩話》，謝榛，北京：中華書局，1985 年。
18. 《藏書》，李贄，台北：學生書局，1974 年。
19. 《焚書》，李贄，台北：漢京文化事業有限公司，1984 年。
20. 《湯顯祖全集》，湯顯祖著、徐朔方箋校，北京：北京古籍出版社，1998 年。
21. 《袁中郎全集》，袁宏道，台北：清流出版社，1976 年。
22. 《陳確集》，陳確，北京：中華書局，1979 年。
23. 《陳確集》，陳確，台北：漢京文化出版社，1984 年。
24. 《閒情偶寄》，李漁，台北：明文書局，2002 年。
25. 《明夷待訪錄》，黃宗羲，台北：三民書局，1995 年。
26. 《今水經序》，黃宗羲，北京：中華書局，1985 年。
27. 《亭林詩文集》，顧炎武，台北：中華書局，1982 年。
28. 《潛書》，唐甄，台北：河洛出版社，1974 年。
29. 《顏元集》，顏元，北京：中華書局，1987 年。
30. 《隨園詩話》，袁枚，台北：漢京文化公司，2004 年。
31. 《牘外餘言》，袁枚，台北：新文豐出版公司，1989 年。
32. 《戴東原集》，戴震，台北：中華書局，1980 年。
33. 《原善》，戴震，台北：世界書局，1974 年。
34. 《述學》，汪中，台北：商務印書館，1967 年。
35. 《校禮堂文集》，淩廷堪，北京：中華書局，1998 年。
36. 《揅經室集》，阮元，北京：中華書局，1993 年。
37. 《漢學商兌》，方東樹，台北：商務印書館，1978 年。
38. 《鏡花緣》，李汝珍，台北：三民書局，1979 年。
39. 《椒生隨筆》，王之春，台北：文海出版社，1975 年。

40. 《東塾讀書記》，陳澧，台北：台灣商務印書館，1967 年。

三、近人論著（依出版年月先後排序）

1. 《中國小説史》，葛賢寧，台北：中華文化出版事業委員會，1974 年。
2. 《胡適文存》，胡適，台北：遠東圖書公司，1975 年。
3. 《文人小説與中國文化》，夏志清，台北：勁草文化，1975 年。
4. 《小説叢考》，錢靜方，台北：長安出版社，1979 年。
5. 《章回小説考證》，胡適，上海：上海書店，1979 年。
6. 《魯迅全集》，魯迅，北京：人民文學出版社，1981 年。
7. 《中國哲學十九講》，牟宗三，台北：學生書局，1983 年。
8. 《中國思想史》，錢穆，台北：學生書局，1985 年。
9. 《胡適文存》，胡適，台北：遠流出版公司，1986 年。
10. 《黃宗羲心學的定位》，劉述先，台北：允晨文化，1986 年。
11. 《戴東原的哲學》，胡適，台北：遠流出版社，1988 年。
12. 《二十世紀中國小説理論資料》，陳平原、夏曉虹編，北京：北京大學出版社，1988 年。
13. 《中國小説史略》，魯迅，台北：風雲時代出版有限公司，1989 年。
14. 《中華文化史》，馮天瑜、周積明等，台北：桂冠圖書公司，1993 年。
15. 《清代學術概論》，梁啓超，台北：華正書局，1994 年。
16. 《中國婦女生活史》，陳東原，台北：商務印書館，1994 年。
17. 《中國文學發展史》，劉大杰，台北：華正書局，1994 年。
18. 《中國思想史》，韋政通，台北：水牛出版社，1996 年。
19. 《前近代中國社會的商人資本與社會再生產》，張忠民，上海：上海社會科學院出版社，1996 年。
20. 《清代四大才學小説》，王瓊玲，台北：台灣商務印書館，1997 年。
21. 《清代學術概論》，梁啓超，上海：上海古籍出版社，1998 年。
22. 《中國哲學史大綱》，蔡仁厚，台北：學生書局，1999 年。
23. 《近代的初曙：18 世紀中國觀念變遷與社會發展》，高翔，北京：社會科學文獻出版社，2000 年。
24. 《倫理與生活——清代的婚姻關係》，郭松義，北京：商務印書館，2000 年。
25. 《中國近世宗教倫理與商人精神》，余英時，台北：聯經出版社，2001 年。
26. 《清代新義理學——傳統與現代的交會》，張麗珠，台北：里仁書局，2003

年。
27. 《明清小說比較研究》，李保均，成都：四川大學出版社，2004 年。
28. 《〈鏡花緣〉叢談》，李劍國、占驍勇，天津：南開大學出版社，2004 年。
29. 《中國現代價值觀的初生歷程》，吳根友，武昌：武漢大學出版社，2004 年。
30. 《明清之際章回小說研究》，莎日娜，北京：北京師範大學出版社，2004 年。
31. 《一代禮宗——淩廷堪之禮學研究》，商瑈，台北：萬卷樓圖書公司，2004 年。
32. 《明清小說比較研究》，李保均，成都：四川大學出版社，2004 年。
33. 《清代小說簡史》，張俊，太原：山西人民出版社，2005 年。
34. 《中國近三百年學術史》，梁啓超，台北：里仁出版社，2005 年。
35. 《十八世紀禮學考證的思想活力——禮教論爭與禮秩重省》，張壽安，北京：北京大學出版社，2005 年。
36. 《李辰冬古典小說研究論集》，李辰冬，北京：中華書局，2006 年。
37. 《中國近三百年學術史論》，章太炎，上海：上海古籍出版社，2006 年。
38. 《清代的義理學轉型》，張麗珠，台北：里仁書局，2006 年。
39. 《中華文明史》，袁行霈等，北京：北京大學出版社，2006 年。
40. 《中國哲學史三十講》，張麗珠，台北：里仁書局，2007 年。

四、期刊、學位論文（依出版年月先後排序）

（一）單篇及期刊論文

1. 〈中華婦女纏足考〉，賈伸，《史地學報》，第三卷，三期，1924 年。
2. 〈文人小說家和中國文化——『鏡花緣』研究〉，夏志清，台北：幼獅月刊，第三期，1975 年 2 月。
3. 〈鏡花緣述評〉，尹文漢，台中：中興大學《文史學報》，第十二期，1977 年。
4. 〈李汝珍用寓言表示諷刺的創作精神〉，蘇淑芬，台北：《中國古典小說研究專輯》，第五集，1982 年 11 月。
5. 〈蓬萊詭戲——論「鏡花緣」的世界觀〉，樂蘅軍，台北：中國古典文學研究叢刊，1985 年 6 月。
6. 〈李汝珍河南縣丞之任初考〉，李時人，江蘇：《明清小說研究》，第六輯，1986 年。
7. 〈淮楚氣息與齊莒風概——《鏡花緣》成書時代背景研究〉，李明友，江蘇：《明清小說研究》，第四期，1994 年。

8. 〈罪罰與解救：《鏡花緣》的謫仙結構研究〉，李豐楙，台北：《中國文哲研究集刊》，第七期，1995 年 9 月。
9. 〈《鏡花緣爲》論〉，李昌華，江蘇：《連雲港教育學院學報》，第四期，1995 年 10 月。
10. 〈水中月，鏡中花——《鏡花緣》的社會理想〉，劉明華，重慶：《西南師範大學學報》，第四期，1995 年。
11. 〈乾嘉揚州學派與《鏡花緣》〉，張蕊青，北京：《北京大學學報》，第五期，1995 年。
12. 〈《鏡花緣爲》婦女大唱贊歌〉，呂晴飛，北京：《北京社會科學學報》，第三期，1995 年。
13. 〈清代的納妾制度〉，郭松義，台北：《近代中國婦女史研究》，第四期，1996 年 8 月。
14. 〈釋道"轉世""謫世"觀念與中國古代小說結構〉，孫遜，北京：《文學遺產》，第四期，1997 年。
15. 〈《鏡花緣》與清代中期的學術思潮〉，張蕊青，浙江：《寧波大學學報》，第四期，1999 年 12 月。
16. 〈《鏡花緣》成書時代的思想文化衝突〉，李明發、李明友，江蘇：《明清小說研究》，第一期，2000 年 1 月。
17. 〈十八世紀以降傳統婚姻觀念的現代轉化〉，張壽安，高雄：中山大學《清代學術論叢》，第三集，2001 年 8 月。
18. 〈才學小說炫學方式及其文化根源〉，張蕊青，江蘇：《蘇州大學學報》，第四期，2002 年 10 月。
19. 〈明末清初世情小說對《紅樓夢》的影響〉，雷勇，北京：中國藝術研究院《紅樓夢學刊》，第三期，2003 年 9 月。
20. 〈鏡花緣中的定數觀念及其敘事方法〉，敦玉林，江蘇：《明清小說研究》，總第 69 卷，2003 年。
21. 〈《鏡花緣》價值的重新認識〉，龔際平，江蘇：《淮海工學院學報》，第二卷，2004 年 6 月。
22. 〈乾嘉考據學者的婦女觀〉，張晶萍，湖南：《湖南師範大學社會科學學報》，第二期，2004 年 3 月。
23. 〈膽識與賢智兼收，才色與情韻並列〉，馬濟萍，江蘇：《連雲港師範高等專科學校學報》，第一期，2005 年 3 月。
24. 〈從"文"到"學"——清中葉傳統小說觀念的回歸與歧變〉，王冉冉，江蘇：《明清小說研究》，第一期，2005 年。

25. 〈秉持公心、諷時刺世——淺評《儒林外史》、《鏡花緣》的諷喻主題〉，范義臣、林倫才，重慶：《重慶工學院學報》，第七期，2005 年 7 月。
26. 〈李汝珍的自寓與覺悟——《鏡花緣》新論〉，王學鈞，江蘇：《連雲港師範高等專科學校學報》，第一期，2006 年 3 月。
27. 〈文人小說和平民小說的分野與兼容〉，劉富偉，上海：《學術月刊》，第 38 卷，2006 年 2 月。
28. 〈明中葉以後「士商滲透」的制度環境〉，張海英，上海：《明清史》，第四期，2006 年 4 月。
29. 〈暴力敘述與謫凡神話：中國敘述學的結構問題〉，李豐楙，台北：《中國文哲研究通訊》，第 17 卷，第三期，2007 年。
30. 〈清儒會通傳統與現代化思想的「義利合一」觀〉，張麗珠，山東：《齊魯學刊》，第四期，2008 年 3 月。

（二）學位論文

1. 《鏡花緣研究》，蘇淑芬，台北：東吳大學中文研究所碩士論文，1978 年 5 月。
2. 《西遊記與鏡花緣之比較研究》，周芬伶，台中：東海大學中文研究所碩士論文，1980 年 6 月。
3. 《清代才學小說研究》，王瓊玲，台北：東吳大學中文研究所博士論文，1996 年 6 月。